Rıfat Ilgaz / Bütün Eserleri / Roman
Hababam Sınıfı İcraatın İçinde

ISBN 975 - 348 - 044 - X

9. Basım İstanbul, Şubat 2006

Kapak Tasarım: *İdris Hacıoğulları*
Kapak Fotoğrafı: *İsa Çelik*

Baskı ve Cilt: Doğan Ofset Yay. ve Matb. A.Ş.
Tel: 0212 622 19 00

Çınar Yayınları
Rıfat Ilgaz Kültür Merkezi
Çatalçeşme Sok. 50/4
Cağaloğlu / İstanbul
Tel: 0 212 528 71 40 pbx
Fax: 0212 528 71 43
www.cinaryayincilik.com.tr
www.hababamsinifi.org
www.cinaryayincilik.com.tr/rifatilgaz
www.cinaryayincilik.com.tr/markopasa
www.sunayakin.info
www.istanbuloyuncakmuzesi.com
Düş Hekimi - Yalçın Ergir
www.ergir.com
cinar@cinaryayincilik.com.tr

Dağıtım
Hürriyet Gazetecilik ve Matbaacılık A.Ş.
Hürriyet Medya Towers 34212 Güneşli - İstanbul
Tel: 0212 677 00 00

Rıfat Ilgaz

Hababam Sınıfı İcraatın İçinde

Rıfat Ilgaz

BÜTÜN ESERLERİ

Hababam Sınıfı İcraatın İçinde

ROMAN

çınar

BİR YASAK DAHA

Hafta sonu Hababam Sınıfı'nda Sınıf Başkanı seçimi vardı. Bu seçim, parasız yatılılık döneminin iki adaylı seçimlerine benzemiyordu. Teypli, bilgisayarlı, videolu çağdaş bir seçim propagandası başlamıştı.

Hababam Sınıfı, kargaların kahvaltısından önce, alaca karanlıkta sınıf kapısının önünde gündem dışı bir toplantı yapmıştı. Daha kayıtlarının mürekkebi kurumayan yeni paralı yatılılardan biri, eski yönetime çullanmak için ön sıralarda bir patlama yaptı:

"Bu sınıfta demokrasi var diyen bir kabadayı çıkar mı? Varsa çıksın da görelim."

Teybin düğmesine dokunan yeni parasız yatılılardan bir bürokratın oğlu Tanju Tan:

"Vaaar" diye Adanalılardan yana bağırdı. Müdürün baş hafiyesi Adıbelli, hemen işe el koydu:

"Dinleyelim arkadaşlar!"

Dinletmek istediği, son günlerde moda olan bir türküydü. İlk dizeyi de teyple birlikte yüksek perdeden yineliyordu:

"Arım, balım, peteğim"

Eski sınıf başkanını tutanlar, tutarsız seslerle teype katılıyorlardı:

"Gülüm, dalım, çiçeğim,
Bilsem ki ölceğim,
Yine seni seçeceğim,
Yine seni seçeceğim,
Yine seni seçeceğim"

Yeni Tulum Hayri'ciler yeni dörtlükle daha gür perdeden tutturdular.:

"Tutunduğum dalımsın,
Petek petek balımsın
Dalım yaprağım değil
İpotekli malımsın."

Her iki adayı tutmayanlara da böylece koz vermiş oluyorlardı:

"Sen iflaslı malımsın"
"Protestolu malımsın"
"Borç içindeyiz boğuluyoruz"
"Batıyoruz bataktayız"
"Batan batar, yüzen kazlar bizimdir"
"Sen faizli, hacizli ipotekli malımsın"
"Ne malmışsınız yaaa!..."
"Alsan alınmaz, satsan satılmaz"

İktidar yanlıları bir ağızdan bağırıyorlardı:

"Seçimleri tulum çıkaracağız, seçimlerden yine Tulum Hayri'yi çıkaracağız!"

"Bu sınıfta demokrasi vardır, akadaşlar!" diye bağırdı. Kimi tuttuğu belli olmayanlardan biri:

"Hela aralığına kadar eleştiriler uzayıp gidiyorsa kim demokrasi yoktur diyebilir. Bu sınıfa demokrasi girmiştir. Üstelik de yerleşmiştir"

"Öle ki kurtula!"

Bunu söyleyen Tulum Hayri'yi devirip yerine geçmek için ilk girişimlerini yapan eski başkanlardan Palamut Recep'ti. Seslerini yükseltmişlerdi birden ondan yana olanlar:

"Yaşa Palamut!"

"Palamutlar ölmez!"

"Lakerdası bile işe yarar ölse de!"

Adanalılar sigaralarını içmişler, kapının önünde birikmişlerdi. Ne oluyordu bu sınıfta? Eski parasız yatılılar gövde gösterisi mi yapıyorlardı? Adanalı Karahan, daha fazla bekleyemezdi:

"Önce yasakları kaldırın siz!" diye gürledi.

"Biz sermayeye özgürlük isteyenler, önce özel sektör adına... Sonra sınıfımız adına!..."

"Yaşa holding çocuğu!..."

"Sizin paranız burda geçmez! Tabanınız var mı tabanınız! Adana'dan taban da mı getirdiniz gelirken?"

"Sizin tabanınızı da gördük! Amerikan köselesi..."

"Plastik!"

"Tabanımızı kıçınızda görmediniz daha!... Seçim günü göreceksiniz!"

Çolak Hamdi kapıdakileri omuzlayıp sınıfa girerken adamları alkışa başlamışlardı.

"Yaşa Çolak!"

Sınıfın en eski paralı yatılısı olarak konuşmaya geçti Çolak:

"Bizi süngü zoruyla bile susturamazlar! Buraya aşağı camiden gelmedik biz, yeni yobazlarınız, gibi...

Min gayri haddin, biz de Atatürk'çüyüz! Kimsenin tekelinde değil! Laikliği tekkecilere kaptırmayacağız!"

"Mustafa Kemal'i kurtaracağız, tarikatcıların elinden... Bizim vicdan özgürlüğümüzü Aramcocular mı kurtaracak, çölden gelip de!"

"İleri karakolcular düşsünler yakamızdan! Bostan korkuluğu olmaya özenenler dolar karşılığı!"

"Biz paralıyız elhamdülillah! Açıkçası paralı yatılıyız... Arkamızda ne devlet var, ne devletçilik!"

"Kim var, Amerika mı?"

"Yoksa halkın parasıyla dönen bankalar mı?"

"Milli sermaye var!"

"Sermaye çocukları!"

"Holding fırlamaları!"

"Biz devletçiyiz, cumhuriyetçiyiz, milliyetçiyiz... Sizlerden çok laikiz biz!"

"Olmayın diyen mi var!.. Atatürkçü de olun... Laik de olun... Bizi sömürmeyin de halkçı da olun, demokrasiden yana da!"

"Çoğulcu demokrasiden yana olamayız!.. Sivri uçlar kırılsın!"

"Batar diiimi?"

"Biz eski günleri yaşamak istemiyoruz! Anarşi istemiyoruz biz, terör istemiyoruz! Evimizden sabah çıkalım, akşam dönelim!"

"Muhallebi çocukları! Anladık diskotek istiyorsunuz, öyle mi?"

İnce bir boyun uzandı gerilerden... Sonra gırtlağındaki çıkıntı inip çıkmaya başladı. Erdalcılardan Erol'du bu:

"İktidar, kişisel yasakların kaldırılmasını doğru bulmuyormuş arkadaşlar!" diye sesini yükseltti, "Böyle demokrasi olmaz! Öğrenci derneklerinin demokratik hak ve özgürlükler doğrultusunda düşüncelerini söylemesine, yaymasına karşıymış, Tulum Hayrimiz! Açıkça bizleri suçluyor, özgürlükçü demokrasi istediğimiz için. Eski anarşi döneminin özlemini çekiyormuşuz! O dönemi onlar yaratmadılar mı... Biz neden suçlu olalım! Kampları, kuran kurslarını, pansiyonları biz mi açtık. Nerde o eski hacılar, hocalar, başbuğlar... Nurcular, Süleymancılar!"

"Anarşi istemiyoruz!"

"İstedikleriniz yeter! Aç gözlüler!"

"Kim istiyor anarşiyi, hangimiz! Demokrasiden yana olanlar mı, yoksa karşısında olan tutucular, gericiler, tarikatçı tekkeciler mi?"

"Yasaklar kalksın!"

Bir patırtı duyuldu merdivenlerde... Kapının önünde birikenleri omuzlamak zorunda kalmışlardı. Hürya sınıfa!..

"Müdür geliyor!.."

Tulum Hayri seçimi meçimi unutmuş disiplin derdine düşmüştü.

"Herkes yerine! Ayakta kimse kalmasın! Etüd zili çalalı yıl oluyor, bu ne rezalet!"

Palamut Recep'ten yana olanlar son sözlerini özetlemek zorundaydılar:

"Cumartesi günü Tulum'un havasını alıp pörsüteceğiz! Başkanlık bizimdir. Parasız yatılının gücünü biz göstereceğiz, yoldan çıkanlara!... Hababam Sınıfı varsa geleneklerimiz de var!.."

Tulum Hayri, polis müdürlüğünden gelen yeni Müdür Osman Topçuoğlu'nun otoritesine sığınarak son kez çıkıştı sınıfa:

"Yerlerinize! Ayakta kimse kalmasın!"

"Açın kitaplarınızı! Tarihten yazılı, edebiyattan sözlü!"

"Nedir bu kargaşa!" diye gürledi, Topçuoğlu, "Geç yerine Hayri. Anarşi yok... O günlere dönmek mi istiyorsunuz! Size o fırsatı vermeyeceğim. Disiplin isterim ben! Olmazsa sürerim sizi Anadolu'ya! Yeni açılan Anadolu liselerine! Darı gibi ekerim, dağıtırım sizi!.."

Bu darı gibi sözleri idareden yana olan Tulum Hayri'yi bile kızdırmıştı. Geçen yıl bir müsamerede şöyle konuştuğunu anımsayıvermişti birden. "Sürecekmiş bizi... Sürgün edecekmiş, topumuzu birden! Sürgün... Nereye? Yurdun dört bucağına... Yani Anadolu'ya! Yemen gibi, Fizan gibi... Oralara da gideriz! Bizi yurdun dört bir yanına serpecekmiş... Darı gibi. Bir avuç darı gibi... Darı da çilekeş bitkidir haaa! Hangi toprağa atsan yetişir. Tarla farkı, toprak farkı gözetmez. Toprak arık da olsa boy atar çorak da olsa! Tarım uzmanları bu yüzden darıya arsız bitki diyorlar. Yeni dönemin eğitim uzmanları da "arsız" diyorlar bize... Arsız gençlik, arsız kuşak. Bu yozlaşan topraklarda soyumuzun kurumaması için böyle olduk, arsız olduk, soysuz terbiyesiz olduk!.. Tıpkı darı gibi... Böyle olmamız gerektiği için böyle olduk!.. Suç kimde?"

"Heeey mümessil, sen de geç yerine diyorum! Hala dikiliyor kürsüde be! Senin de suyun ısındı bana kalırsa!"

Tulum'un yerini Müdür almıştı kürsüde:

"Özendiğiniz anarşi ortamına dönemiyeceksiniz!

Ben sağ oldukça bu okulda anarşi yok! Bu okula anarşi de giremez, terör de!"

Kapıda dikilen Kel Mahmut'a baktı. Arkasında Yavşak Şadi hazırola geçmişti, bakar bakmaz. İkisini bir arada gören Müdür rahatlamıştı:

"Oturun yerinize!" dedi. "Beni dinleyin çocuklar!"

Son ayakta kalanların da oturmasını bekledi sabırla:

"Bu gece sizin yüzünüzden evime gitmedim, çocuklar! Neden mi gitmedim? Güvenilir kaynaklardan, bu sabah anarşi çıkaracağınızı öğrenmiştim. Demek yanılmamışız! Nedir bu kargaşa bu keşmekeş!"

"Seçim var da bu hafta sonu..." diyecek oldu Sınıf başkanı, "En demokratik biçimde seçim yapalım, dedik..."

"Buna siz demokratik seçim mi diyorsunuz, haytalar!.. Hem de en demokratik biçimde seçim, öyle mi? Hani disiplin! Bu okulun bir otoriter müdürü olduğunu ne çabuk unuttunuz! Sizi dışardan, yabancı kaynaklardan, kışkırtanlar var! Eski dönemin hasretini çeken kışkırtıcılar da var ayrıca. Fırsat vermeyeceğim onlara!"

"Biz anarşi değil demokrasi istiyoruz, hem de... Çoğulcu demokrasi!.."

"Ne, ne, ne? Hem de çoğulcu demokrasi haaa!... İstemişken sendika da isteseydiniz bari, öğrenci dernekleri de, yalın kat demokrasi neyinize yetmez sizin! Oooh! Çoğulcu demokrasi isterlermiş, hele bak, Mahmut Bey!.. Çift katlı, kaymaklı ekmek kadayifi!.."

Kapının önünde dikilen Yavşak Şadi'ye döndü birden:

"Şadi bey!" diye seslendi.

"Emredin efendim!"

"Bu sınıfın mümessili de sensin, bundan sonra, başkanı da! Sınıf Başkanlığı seçimlerini, okul tüzüğünün geçici dördüncü maddesine dayanarak yasak ediyorum! Geç şu kürsüye otur! Müdür de sensin müfettiş te!"

"Sağ ol Sayın Müdürüm!"

"Baş kaldıran olursa tut getir bana da armut gibi koparıvereyim başını! Çocuklar sizin göreviniz derslerinize çalışıp sınıfınızı geçmek, okulunuzu bitirmek. Sınıf Başkanlığı seçimini kaldırıyorum. başkanınızı okulun müdürü olarak ben seçtim. Bu iş bitmiştir artık, demokrasiyi de, seçimi de elinizden alan yok sizin! Önce okulu bitirin! Haydi Mahmut Bey çıkalım!"

DEMEK VALİ HAKLIYMIŞ!

Adnan Hoca'nın çömezlerinden Utku Kutlu, hela aralığından son gelenlerdendi. Bu kibar yatılılar geldi geleli, bu aralığın adı, "Tuvaletler" olmuştu. Tuvaletlere en çok inenler de Utku'yla, Yalçın Şaşal. Hemen her şubede Adnan Hocacı'lardan iki üç yeni kayıtlı eksik değil. Birden toplanıp birden dağılıyorlardı, şurda burda... Sahnenin perdesini iplerle gerdirip mescit haline getirmişlerdi. Yeni Müdür geleli, iki yıldır perdenin ipi bir kez olsun çekilmemişti. Bu tür girişimler onun disiplin anlayışıyla bağdaşmazdı. Adnan Hocacı'lar, varsın sahneyi mescit yapsınlar. Gerekirse Mescit'e bir de minare uydurulurdu. Ramazan geceleri mahya bile yaktırırdı dini bütün müdürümüz.

Şaban Şenol merdiven başında Kel Mahmut'la karşılaşmıştı ters zamanda, artık Tulum, Başkan değildi çünkü. Yavşak Şadi'nin kırk tarakta bezi vardı. Pek seyrek uğruyordu sınıfa.

"Nereden böyle?" diye çıkıştı.

Bütün sınıflar akşam etüdündeydi. Suçtu bu saatte buralarda görünmesi.

"Bir arkadaşı gördüm de Hocam!" diye kekeledi.

Bir sigara alışverişiydi oysa... Hem de en acımasızca.

"Bak Şaban!" dedi, "Sınıfa girince Şakir'i, Ekrem'i, Ali'yi, Necmi'yi bana gönder! Ama tek tek... Üçer beşer dakika arayla... Konuşmalıyım eskilerle!"

Şaban da eskilerdendi. Kel Mahmut da... Bir anda yaş ayırımı, öğretmen, öğrenci ayırımı kalkıvermişti aralarından...

"Anladın, değil mi?"

"Anladım Hocam, göndereyim!"

Bir dayanışma vardı bu sözlerde, bir anlaşma...

Şaban sınıfa girdiğinde Kalem Şakir ilk sırada tek başına oturuyordu. Hemen yanına çöküverdi:

"Sana iyi bir haberim var!" dedi, "Kel Mahmut odasına istiyor seni!"

"Ne yapacakmış?"

"Konuşacak seninle!"

"Ne üzerine..."

"Bilmem!" dedi, "Son durum üzerine olmalı!"

"Ne varmış son durumda?"

Daha çoğu ukalalık olurdu. Kısa kesmeliydi. Kel Mahmut'u kızdırırdı sonra.

"Haydi!" dedi, "Bekliyor seni!"

Hemen kalktı yanından, sırasına geçerken Refüze Ekrem'in yanına ilişiverdi.

"Nereden böyle!" dedi Refüze.

Gelirken merdiven başında Kel Mahmut'la karşılaştım da..."

"Eee?"

"Seni istiyor odasına!"

"Ne işi varmış benimle Kel'in! Gene sigara konusu mu?"

"Önemli, Çok önemli... Son durumlar... Şu seçimler için olacak..."

"Bunu nerden çıkarıyorsun... Açtı mı sana..."

"Bana mı?.. Açmadı!"

"Bırak inekliği... Sana da açtıktan sonra çekiver kuyruğunu!"

"Uzatma da git, odasına!"

"Peki Şaban'cığım giderim. Altından bir katakulli çıkarsa canına da okurum! Çekeceğin var benden!.."

Güdük Necmi'ye, Domdom Ali'ye de uğradı. Eskilerden uygun gördüğü iki üç kişiyi daha gönderdi. Sırasına geçip beş on dakika oturduysa da aklı hep Kel Mahmut'un odasındaydı. Kendisi de eskilerden değil miydi? Neden kalkıp gitmiyordu? Sınıftan çıkana, girene karışan kalmamıştı artık. Şaban Şenol, çok geçmeden Kel Mahmut'un kapısını duyulur duyulmaz tıklatmış, hemen dalıvermişti içeri... Şaşılacak şeydi. Tüm gönderdiği arkadaşlar oturacak birer yer bulmuşlardı. O da Güdük Necmi'nin yanına ilişiverdi.

"Ne oldu bu Hayri'ye!" diyordu, Kel Mahmut, "Çok değişti son günlerde... Bir silkeleyin onu! Recep'le anlaşsın! Ha o olmuş sınıf başkanı, ha kendisi... İçine tükürdüler gül gibi sınıfın! Söyle Şakir, ne yapmak istiyor bu Hayri? Yeni gelen paralı yatılıların buyruğuna mı girdi? Yoksa oda mı çıkar sevdasında bundan sonra?.. Kulüp başkanı mı olmak istiyor?"

"Üniversite için hesapları olmalı... Ya da yurt dışında okumak için liseyi bitirince..."

"Biz Recep'i tutuyoruz" dedi, Ekrem, "Onu kendine getirelim diye... En eski parasız yatılı o kaldı, işe yarayan."

"Bu Adanalı paralılar, holdingciler karma karışık ettiler Hababam Sınıfı'nı, Süleymancılar, Atatürk düşmanları... Yani tekkeciler, tarikatçılar... En sonra da bu, Adnan Hocacı'lar..."

"Yeni gelenlerin en iyileri gene de Atatürk doğrultusunda olanlar, demokrasiyi benimseyenler..."

"Anlaşıldı!" dedi, Kel Mahmut, "Bana önce Recep Değer'i göndersin siz! Haydi birer ikişer gidin sınıfınıza!.. Yarın sözlü yapacağım, ona göre!"

Çocuklar ayağa kalkmışlardı ki birden kapı açıldı. Müdür kapıda, şapkası elindeydi. Sokaktan geldiği belliydi. Hababam Sınıfı'nın eski öğrencilerini karşısında görünce bir anlam verememiştir.

"Ne işleri var bunların!" diye şaşkınlığını belirtmekten kendini alamadı.

Kel Mahmut birden toparlanmıştı;

"Bunlar!" dedi, "Hababam Sınıfı'nın geleneğini sürdürmek isteyenler. Sınıf başkanlığının sürüp gitmesini sizden benim aracılığımla ricaya gelmişler... Sınıf başkanımızı en demokratik biçimde seçelim diyorlar... Bu Cumartesi günü öğleden sonra... Sessiz sedasız seçimimizi yapıp yeni sınıf başkanımızı Sayın Müdürümüze gönderelim, diyorlar!"

"Bunlar sakın vur-kır döneminin hasretini çeken sözüm ona çoğulcu demokrasiden yana olan maceracılar olmasın... Bak Mahmut Bey, beni buraya verenlerin beni buraya neden gönderdiğini biliyorum. Şu kısa süren müşterek idareciliğimizde öğrenmişsindir. İki öğrencinin bir çift terlik gibi bir araya gelmesini istemiyorum. Bu okulda ne dernek isterim, ne birlik... Top oynayacaklarsa kulüpsüz oynasınlar... Ayak yapıp takım kursunlar... Biz böyle yetiştik. Kime ne zararımız oldu, soruyorum Mahmut Bey, biz ne istedik büyüklerimizden... Onların sağlıklarını değil mi?"

Mahmut Bey, o geniş hoşgörülü gülüşüyle:

"Ama kimseye de henüz bir yararımız dokunmadı Müdür Bey!" dedi.

"Sen de mi çoğulcu demokrasi taraftarısın!"

"Yok Müdür Bey, ben hep bu gençlerden yana olmuşumdur. Bunlar arada bir yanlış adım atarlarsa da adımlarını geri çekmesini bilirler. Onların adımları, toplumcu atılması gereken adımlardır..."

"Yani sen bu hafta tüm sınıflarda Sınıf Başkanlığı seçimi yapılsın demek istiyorsun öyle mi? Mesuliyeti, Muavinim olarak üzerine alıyorsun haaa!"

"Alıyorum! Müdür Yardımcılığı bu demek değil mi? Cumhuriyeti onlara emanet edenler yanılmazlar. Diyelim ki Tulum Hayri yenildi. Palamut Recep geçer, düzeltir sınıfın rotasını!"

"Evet Mahmut bey, Sınıf Başkanlığı seçimi bu Cumartesi günü öğleden sonra tüm okulda yapılsın! Hem de en demokratik yollardan! Koyduğum yasağı kaldırıyorum!"

Kel Mahmut içten gülüşüyle:

"Çocuklar!" dedi. "Bunun için gelmiştiniz buraya değil mi? İşte Müdür Bey izin veriyor! Bu seçim de tüm seçimler gibi, ulusumuz için, hayırlı, uğurlu olsun!.."

Müdür seçim yasağını Kel Mahmut'un yatıştırıcı sözlerine uyarak kaldırdığına içerlemişti. O mu müdürdü, yoksa kendisi mi? Yasaksız disiplin mi olurdu? En azdan bu yasak onbeş gün, iki Cumartesi olsun sürmeliydi. Çocuklar çıkıp gittikten sonra, köşeye geçti. Bir sigara yaktı. Seyfi kaçmıştı.

"Bak Mahmut Bey!" dedi. "Bir daha işime karışma benim! Sözünü geçiremiyorsun haytalara! Bir de benim otoritemin içine tükürmeye kalkışma. O zaman kim idare edecek bu hergeleleri. Kimden korkacak bu eşekler!"

Bir süre öfkeyle baktı yüzüne. Çok mu ileri gitmişti acaba?

"Hiç sormuyorsun nerden geliyorum ben!"

Beklediği ilgi oluşuncaya kadar durdu, gözlerini dikti Kel Mahmut'un üzerine, bıkmadan bakıyordu.

"Validen geliyorum!" dedi, "Tüm lise müdürleri, başta Milli Eğitim Müdürü olduğu halde valilik salonunda toplandık. Telefonlarla teker teker çağırmış bizi"

Kel Mahmut hiç oralı değildi. Bayağı hakaret etmişti. Açıktan açığa kendisine otoriten yok demeğe getirmişti. Otorite de ne oluyordu? Sevgi, saygı yetmez miydi?

"Hiç mi merak etmiyorsun, neden çağırmış bizi!"

"İrtica için mi, yoksa!" dedi.

Bu kez Müdür şaşırmıştı.

"Nerden biliyorsun sen!" diye sordu.

"Nerden mi biliyorum. Gazeteler yazıyor. İrtica İran'dan, Arabistan'dan girdi, yerleşti diyorlar... Kur'an kursları, İmam Hatip liseleri pansiyonlarda yöneticilerin çocuklara yaklaşım biçimleri... Cinsel sorunları..."

"Vali uyardı bizi açıkçası!" dedi, "Bu konular üzerinde!"

"Yani ne yapmalıymışız!"

"Açıkça bir şey söylemedi!"

Kapıya vurulmadan biri girmişti içeri. Şaban'dı bu giren... Yüreği ağzındaydı Şaban'ın.

"Vurdular bana!" dedi, "Dövdüler! Elham'ı bilmiyorsun diye... Gavursun sen dediler!"

"Kim bunlar?"

"Hasan, Yakup, Baki!... Yeni gelenlerden... Bizim sınıfta, oyunu Nazmi'ye vereceksin, dediler! Sonra efendim... Sen sünnetsizsin diye yürüdüler üzerime... Pantolonuma yapıştılar!"

"Çık!" diye yürüdü Müdür üzerine, "Defol!"

"Çıkamam, dışarda bekliyorlar!"

"Çık, diyorum sana! Mahmut Bey kimmiş bunlar!.."

Şaban Şenol önde, Kel Mahmut arkada çıkmışlardı.

Müdür, Osman Topçuoğlu:

"Demek Vali Bey haklı!" dedi duyulur duyulmaz. "Biz uyuyoruz haaa!"

KEL MAHMUT ÜÇÜNCÜ DÜNYA SAVAŞINDA

Palamut Recep'in sınıf başkanlığında ilk günüydü. İlk ders de Kel Mahmut'un sözlü yoklaması... Sabah etüdünde çıt çıkmamıştı bu yüzden. Tarih kitapları açılmıştı, çalışan çalışana...

Bu sessizliğin Recep'in otoritesinden gelmediğini vurgulamak zorundaydı Selman Ocaklı ve adamları... Kelek Orhan:

"Bırakın ineklemeyi de beni dinleyin arkadaşlar!" dedi.

Palamut Recep susturabilirdi onu ama, bir olgunluk örneği vermeyi düşündü:

"Kısa kesmek koşuluyla!" dedi, "Önce hangi konu üzerinde konuşacaksın, onu söyle!"

"Birinci Dünya Savaşı'nı ezberledik, ikinciyi de babalarımızdan öğrendik. Kel Mahmut'tan üçüncüyü öğrenelim bu ders!"

İnek Şaban atıldı hemen:

"Hangi sayfada? Kitapta yok!"

Güdük Necmi işletecek bir konu bulmuştu:

"Üç yüz yetmiş yedinci sayfada!"

"Yalan! Kitap zaten üç yüz yirmi altı sayfa!"

Dursun Sektirmez gülüyordu:

"İnek!" dedi, "Anlasana! Daha savaş kitaba geçmemiş!"

"Yani kitapta yok, değil mi?"

"Savaş olsun bitsin, eline ezberleyecek bir belge verirler senin!"

Selman, Kelek'ten yanaydı, anlaşılıyordu:

"Yani Orhan diyor ki..." diye başladı. "Sayın Hoca'mızı Üçüncü Dünya Savaşı üzerinde konuşturalım biraz da... Hem ders kaynamış olur, hem de..."

Yoklama kaçakları için güzel bir öneriydi bu. Karahan:

"Onu konuşturana benden iki lahmacun!" dedi. "Bir de yanına ayran!"

"Benden de bir paket Tokat! Kel bu ders yoklama yapmazsa... Kim hızını kırarsa..."

Kalem Şakir biraz da Recep'in otoritesini kurtarmak için:

"Bırakın şamatayı arkadaşlar. Tüm tarih öğretmenleri, olacaklar için kafa yormazlar. Olmuşlarla yetinirler... Bu bakımdan birer inektir onlar, olmuş olayların ezbercisi yani..."

Güdük Necmi, İnek Şaban'ın kulağına eğilerek:

"Hiçbiri senin yerini tutamaz! Sen gelmiş geçmiş tüm ineklerin en ineğisin!"

Şaban yerinden kalkmıştı tam elini kaldırıp vuracağı sırada içeri Kel Mahmut girmişti, kötü bir rastlantı olarak:

"Şabaaan! Ne oluyor?"

"Hocam, İnek diyor!"

"Kime?"

"İkimize de... Hatta bütün tarih öğretmenlerine!"

"Bizi savunmak sana mı düştü be! Otur yerine de tarihe çalış!"

"Çalıştım Hocam!"

"Görürüz derste!"

Birinci dersti tarih. Kel Mahmut zille birlikte girmişti sınıfa. Bu doğal bir derse giriş değildi, yeni sınıf başkanı Palamut Recep'i görevi başında teftiş için gelmiş olmalıydı erken erken.

Geçti kürsüye, Recep'in kestiği yoklama fişini sanki ilk kez böyle bir fiş görüyormuş gibi altına üstüne bakarak inceledi:

"Nedir bu imza!" dedi, "Sanki Banka Müdürünün parafı... P.R de ne oluyor?"

"Palamut Recep'in kısaltılmışı!"

"Sen Recep Değer değil misin!"

"Arkadaşlar beni Palamut Recep olarak seçtiler."

"Sınıf mevcudu 63... Oh oh!.. Kalabalık bir Hababam Sınıfı... Bakalım nasıl çıkacaksın işin içinden! Kiminiz camiden geldiniz, kiminiz pansiyonlardan... Allah yalnız sizin Allah'ınız sanıyorsanız aldanırsınız! Geçmişinize saygılı olacaksanız eğer, tarih hocası olarak, hoşuma gider. En yeni geçmişimizde Kemal Paşa var! Bunu aklınızdan çıkarmayacaksınız!"

Kürsüden küt diye indi. Temizlik teftişine geçmişti. Sıraların düzenini gözden geçirdi. Sıra aralarında ikişer kez gitti, geldi. Karatahta tertemiz silinmişti. Renkli tebeşirler kutularındaydı. Harita sopası kürsünün yanında, yerinde... Recep'in başarısı, biraz da bizim başarımız sayılırdı. Özel sermayeye, yani paralı yatılılara kendini satan Tulum Hayri'yi deviren, tek başına Palamut değildi. Adaylarını seçime sokmayan Erdalcı'lar da onu desteklemişlerdi. Kel Mahmut bile Palamut'tan yanaydı.

Kel Mahmut'un bir anlamda kendi kendisini teftişi bitmiş, kürsüye geçmişti. Geçmesiyle de karakaplıya sarılması bir olmuştu. Kafasından birini geçirse bile yine bu deftere bakıp kaldıracağı kişiyi numarasıyla çağırırdı. Hayri'yi mi kaldıracaktı yoksa? Ne de olsa Kel Mahmut'un idareci olarak eski adamı sayılırdı. Yaralıya kurşun atmazdı o. Seçimde iki taraflı çalışan Dursun Sektirmez'in numarasını okudu, gözünün içine baka baka:

"Kalk!" dedi, "Anlat Birinci Dünya Savaşı'nın paşalarını!"

Bu sorunun yanıtında Enver Paşalar, Talat Paşalar, Cemal Paşalardan önce Liman Fon Sanders'ler, Golç Paşalar vardı. Ama, Dursun, Kemal Paşa deyip duruyorsa da Çanakkale'ye Arıburnu'na bile adımını atamıyordu.

"Seni ittihatçı bozuntusu seniii!.." dedi, "Particilik yapacağına oturup tarihe çalışamaz mıydın? Demedik mi yoklama var diye! Kalk, 122 Şaban Şenol!"

Güdük Necmi, tam yanından geçerken:

"Göster Şaban'cığım şunlara inekliğini!" dedi.

"Anlat, Birinci Dünya Savaşı'nın nedenlerini! Masalını istemiyorum, gerçek nedenlerini anlat. İngiltere'yle, Almanya arasındaki iktisadi yarışmayı!"

"Peki Hocam, anlatayım!"

Bu bir anlatma değil, ister istemez ezberden okuma olacaktı. Bunu Kel Mahmut da bizden iyi biliyordu. Güdük Necmi kitabı açmış dinliyordu, parmağıyla izleyerek:

"1914'te çıkan ve dört yıl süren Birinci Dünya Savaşı, o tarihe kadar insanlığın görmediği en büyük, en felaketli ve en kanlı bir savaştı."

Kitaptan parmakla izleyen Güdük:

"Nokta, satır başı, devam!" dedi.

"Fransa 1871'de Almanlara yenilmenin acısını unutamıyordu bir türlü."

Güdük Necmi, izlediği kitaptan başını kaldırdı:

"Atma!" dedi, "Bir türlü, yok kitapta, uyduruyorsun!"

"Fransa bu yenilginin öcünü almak istiyordu, (Bak Şekil 28-Almanların uygun adım Paris sokaklarından geçişi...) İngilizlerin Rusların Balkanlarda serbest bırakması, Avusturya-Macaristan'ın işine gelmiyordu. Balkanlarda Rus çıkarlarını koruyan Sırbistan..."

"Uzatma!" dedi, Kel Mahmut, "Öldür şu veliahdı da savaş patlasın artık!"

"Patlasın Hoca'm!" dedi, Şaban Şenol, "Saray Bosna'yı ziyareti sırasında Sırp milliyetçileri veliahdı öldürünce Avusturya-Macaristan orduları yürüdü... Peşinden de Almanya... Rusya Sırbistan'ın yanında yerini aldı. Fransa da Rusya'yı desteklemek zorundaydı."

"Gelelim en önemli noktaya! Söyle, biz nasıl girdik savaşa! Yani Birinci Dünya Savaşı'na, onu anlat sen! Biz, yani Osmanlı İmparatorluğu... Açıkçası Alman hayranı olan ittihatçı takımı... Durup dururken başımızı nasıl belaya soktuk?"

"Anlatayım Hoca'm! Akdeniz'de bulunan İngiliz donanmasından kaçan iki Alman gemisi, Goben'le Breslav... Başkomutan vekili Enver Paşa'nın müsaadesiyle Çanakkale Boğazı'nı geçerek İstanbul'a sığındı. (Bak Şekil 29-Goben ve Breslav İstanbul önlerinde.) Osmanlı İmparatorluğu tarafsız olduğu için bu iki gemiye el koyması, gemicilerini de gözaltına alması gerekirdi. Bu yapılmadı. Gemilerin satın alındığı açıklandı. Adları da Yavuz'la Midilli oldu. Mürettebatı da Osmanlıların hizmetine geçti. Alman erlerine fes giydirildi. (Bak şekil 30-Fesli Alman askerleri Ya-

...ı güvertesinde.) Bu iki Alman savaş gemisi Enver Paşa'nın ...zli emriyle Karadeniz'e açıldı. Gemiler ortada hiçbir sebep yokken Rus limanlarını topa tuttular. Bu olay üzerine karşı devletler Osmanlılara savaş açtılar. Böylece Osmanlılar da Almanya ile Avusturya-Macaristan'ın oluşturduğu ittifak devletlerine katılmış oldu. Ruslar Doğu Anadolu'ya saldırdılar. İngilizlerin, Fransızların Ruslara yardım etmesi gerekirdi. Çanakkale cephesi açıldı."

Kel Mahmut, önemli günü değerlendirmeyi düşünmüş olacak ki, "Evet Şaban!" dedi, "Padişah Efendimiz, 14 Kasım 1914'te Fatih Cami-i Şerifinde kutsal cihat ilan etti. Ne çare ki savaş sonunda koskoca Osmanlı Devleti sırt üstü gitmişti. Anlaşılıyor değil mi çocuklar, bizi tavlayıp nasıl savaşa sokuyorlar!"

"Hişşşt!" dedi Karahan, çevresindekilere, "Kim konuşturacaksa konuştursun! İki lahmacun... Bir ayran... Karakaplı açılmadan..."

"Benden Tokat!" dedi Çolak Hamdi, "Patlasın Üçüncü Dünya Savaşı!"

"Sayın Hoca'm!" dedi, Refüze Ekrem, "Gelelim bugüne. Hava alanları... Radarlar... Konya'lar, Adana'lar, İncirlik hava alanları, üsler... Nükleer başlıklı füzeler..."

"Haklısınız çocuklar!" dedi, Mahmut Hoca, "Artık Alman İmparatorluğu yok. Üsler var, Amerikan üsleri... Bir yazarımız şöyle diyor, 'bugün Bulgaristan'la aramız şeker renk', diyor. Yunanistan'la Ege'de kanlı bıçaklıyız... Yunanistan havada, denizde, karada sınırlarını genişletmek istiyor. Akdeniz'de Kıbrıs çatışma odağına dönüşmüş durumda... Deniz aşırı askeri yükümlülükler altındayız. Suçlu bir uçak gemisi Goben gibi Breslav gibi, Çanakkale Boğazı'ndan girip İstanbul önlerine demirlerseee... Ne olacak?"

"Kürt Mehmet nöbete!" dedi, Kalem Şakir.

"Hööőt!" dedi, Kel Mahmut, "Gençlerin politikaya karışması yasak!"

"Biz politikayı tarih kitaplarından izleriz, Sayın hocalarımızın gözetimi altında... Birinci Dünya Savaşını da... İkinci Dünya Savaşını da hocamızdan öğrendik..."

"Gelelim Üçüncüsüne!" dedi, Çolak Hamdi.

Kel Mahmut acı acı gülüyordu:

"Bu üçüncüsünü, ne yazanlar çıkacak, ne de sizlere okutacak olan bir tarih öğretmeni bulunacak!"

"Yani Üçüncü Dünya Savaşı olmayacak, değil mi Hoca'm!"

Gülüşünü sürdüren Mahmut Hoca:

"Dünya kalmaycak ki Dünya Savaşı olsun! İki büyük savaşla akıllanmayan insanlara üçüncüsünün ne yararı olur ki!"

Zil tam zamanında çalmıştı. Bu zil dersin de, savaşların da mutlu sonuydu sanki.

Kürsüden inerken ağız alışkanlığıyla:

"Devam ederiz çocuklar!" dedi, "Gelecek ders!"

Hep birden yanıtladık

"Sağ kalırsak bu gidişle Hoca'm!"

"Oooh!" dedi, Karahan, Refüze Ekrem'e, "İki lahmacunu hak ettin!"

Düdük İsmet dostluğu pekiştirmek için:

"Afiyet olsun!" dedi, "Ayran da benden!"

LAİKLİK ÜZERİNE GİZLİ TOPLANTI

Çolak Hamdi merdivenin son basamağında Adıbelli'yi Müdür'ün odasından çıkarken görmüştü. Hela aralığına sapacak yerde Adıbelli'nin üzerine yürüdü, onu bileğinden sıkı sıkı yakaladı:

"Sana bir sigara verebilirim!" dedi, "Yürü!"

"Ben az önce içtim, istemem!" dediyse de kurtulamadı. Çolak Hamdi'nin amacı durup dururken Adıbelli'ye sigara ikram etmek gibi bir kıyakçılık olamazdı.

"Canım nazlanma!" dedi, "Kalite sigaram var, hem de Meclis sigarası..."

Kurtuluş yoktu demek. Düştü önüne suçlu suçlu. Çolak hela aralığına sapmadan sorguya başlamıştı bile:

"Her halde izin için girmedin, Müdür'ün odasına?"

"Yok, izin için girmedim."

"Hal hatır sormak için de değil..."

"Beni çağırtmış da..." dedi, Adıbelli, "Biri morfinlemiş... Kaçtı demişler akşam etüdünden sonra..."

"Kaçtın mıydı?"

"Yoook! Kaçacaktım da... Kaçamadım!"

"Kime söylemiştin kaçacağını?"

"Yeni gelenlerden birine."

"Adını söyle!"

"Boşver!" dedi, Adıbelli, "Değmez!"

"Değmez olur mu? Demek hâlâ bu sınıfta hafiyeliğe özenenler var. Söyle de haddini bildireyim... Façasını dağıtıvereyim onun!"

İş batağa girmişti. Nasıl kurtulacaktı Çolak Hamdi'nin elinden.

"Söyle, Müdür'e kimi ihbar ettin!"

"Hiç kimseyi!"

"Palamut Recep'in dalaveresini mi yakaladın daha ilk günden?"

Hela aralığına girmişlerdi;

"Yak şu Tokat'ı!" dedi, Çolak, "Meclis sigarasını Polis Müdürü olduğun zaman Ankara'da içersin!"

Karşılıklı birer nefes aldılar:

"Bak Adıbelli!" dedi, "Bana söz vermiştin, hafiyeliği bırakıyorum diye. Palamut, Başkan olur olmaz canlandın... Müdür yeni görevler mi istedi senden! Yoksa gönüllü mü yapıyorsun seçimi kaybeden Tulum Hayri hesabına!"

"Haber almış gizli toplantınızı Müdür bey!"

Yatakhaneye geçince ütü odasında toplanılacaktı. Erdal'cılar da katılacaktı ilk kez. Bunu Çolak da biliyordu, Adıbelli de. Sınıftaki Atatürk düşmanlarına karşı eylem birliğine geçmek içindi bu gizli toplantı, tüm okuldaki yobazlara karşı.

"Demek Müdür biliyor bu gizli toplantıyı..." dedi, Çolak, "Şimdi anlatacağım, Müdür boşuna aramıza ajanlarını sokmasın! Sen madara olursun sonunda! Gözden düşersin! Sırada yeni adaylar var!"

Yapar mı, yapardı bu Çolak, Çukurovalı'ydı, paralı yatılıydı ama, bal gibi devrimci laikçilerdendi...

"İç sigaranı da sınıfa çıkarken uğra Müdür'e. Bir daha suratına bakmaz senin!" dedi, Çolak Hamdi, boş helalardan birine girerken. Yatakhane zili çalınca hiçbir şey geçmemiş gibi, Hababam Sınıfı'nın seçkin sözcüleri ütü odasındaydılar. Pijamaları çekip gelmişlerdi hemen. Kalem Şakir oturumu açıyordu:

"Yeni iktidarımızın ilk toplantısını açıyorum arkadaşlar!" diye başladı, "Palamut Recep'i bu vesile ile bir kez daha candan kutlarım! Satılmış Tulum'u devirdiğimiz için ne kadar sevinsek azdır. Güçlüyüz, gücümüzle övünelim arkadaşlar! Çok sorunlar var daha önümüzde!"

"Bu gücü sınıf çıkarları doğrultusunda kullanacağız, söz!" dedi, Erdal'cılardan Erol... Haldun'un kulağına eğilerek... Yeni görüşler getirmede eşi az bulunan Haldun:

"Arkadaşlar!" diye hemen konuya girdi, "Laiklikten ne anlıyoruz, önce bunu açıklayalım. Laiklik, Atatürk'ün tüm ilkelerini sağlamlaştıran en önemli bir ilkedir. Laiklik, devlet düzeninin ve hukuk kurallarının dine, inanışa değil de akla ve bilime dayandırılmasıdır.

"Arkadaşlar!"

Kalem Şakir çok beğenmişti bu derli toplu konuşmayı. Eskilerin gücünü ortaya koymak için:

"Ne yazık ki arkadaşlar!.." diye başladı, "Bilim yolu, akıl yolu öyle kolayına açılıvermemiş, uzun bir zamanın geçmesi gerekmiştir. Bu gerçeği algılayan din adamları gelişen insan zekâsının önüne engeller koyarak kendi varlıklarını sürdürmeye çalışmışlardır."

Palamut Recep, Kalem Şakir'den bu parlak açıklamayı beklemediği için rahat bir soluk aldı:

"Bugün bile bu durumdan yararlanmaya kalkışan açıkgözler var... İnsanları korkutarak yönetmeye kalkanlar gittikçe de çoğalıyor!"

"Halife-i ruy-i zemin'ler gitti, yerlerine bölge bölge güç gösterisi yapan devletler, hükümetler ve onların emrinde çıkarcı din adamları, dini siyaset yolunda kullananlar türedi... Bunlara karşı uyanık olmak zorundayız arkadaşlar!"

"Atatürk bu oyunu sezen ilk devlet adamımızdır. Onunla her zaman övüneceğiz!"

Dışardan bir ses:

"Daha yatmadınız mı?" diye kapıya dayanmıştı. Yavşak Şadi'den başkası olamazdı bu. Çolak Hamdi:

"Müdürü yollamış olmalı!" dedi, Palamut Recep'e.

Yavşak hışımla girmişti ütü odasına:

"Recep!" diye seslendi; "Müdür Bey istiyor seni, çabuk!"

Şaşırmıştı Palamut Recep:

"Nerde Müdür? diye sordu şaşkınlıktan.

Bunun yanıtı. "Odasında!" olmalıydı değil mi? Hayır, böyle değildi:

"Revir'de!"

"Şakir, Haldun!.. Siz de... Görün, Müdür Bey'i! Bekliyor Revir'de sizi!"

Revir, Hababam Sınıfı için karakol anlamına gelirdi. Güdük Necmi:

"Sıkıyönetim ilan edildi!" dedi, nerdeyse sokağa çıkma yasağı başlayacak!"

"Bırakın konuşmayı da düşün önüme!"

Güdük Necmi, gidenlerin Revir'de uzun süre kalabileceklerini anımsatmak için:

"Diş fırçalarınızı, havlularınızı da almayı unutmayın!" dedi. Yavşak Şadi kızmıştı bu densizliğe:

"Sürgüne mi gidiyorlar be!" dedi, "Karışmayın siz!"

Yeni gelenler ilk kez karşılaşıyorlardı böyle bir olayla.

"Haydi yatalım!" dedi, Necdet biraz da korkarak...

"Ziver Bey köşküne gitmiyorlar ya!.." dedi, Güdük Necmi, "Haydi iyi geceler! Bir hafta sonra döner gelirler!"

Tam yataklarına gidiyorlardı ki Gececi Murat soluk soluğa girmişti ütü odasına:

"Durun efendiler!" dedi, "Müdür Bey geliyor, bekleyin Müdür Bey'i!"

Yavşak Şadi kızmıştı Gececi Murat'a. O da kim oluyordu! Nerdeyse adaylığı onaylanacaktı bugünlerde.

"Yürüyün siz!" dedi.

Oysa Müdür kapıya dayanmıştı bile:

"Anarşistler sizi! Ne toplantısı bu, gece yarılarında... Nereyi basacaktınız!"

Palamut Recep'e düşüyordu bu sorunun yanıtı:

"Konuşuyorduk kendi aramızda, Laikliği tartışıyorduk!"

"Siz mi kaldınız laikliği tartışacak... Hem de bu saatlerde! Göstereceğim size, gizli toplantı yapmayı! Şadi Bey, kapat şunları Revir'e. Al şu anahtarı da!"

"Emredersiniz, Müdür Bey!"

Elinde havlusu, diş fırçasıyla koşup gelen Şaban Şenol:

"Beni de götürün!" diye karıştı aralarına, "Ben de laikim!"

Güdük Necmi, tam yatağına girerken koşup gelmişti: "Ben de Müdür Bey! Havlumu da aldım, diş fırçamı da... Cumhuriyetçiyim, devrimciyim, laikim!"

"Al götür bunları da!.."

"Beni de Müdür Bey, ben de onlardanım! Laikim ben de... Devrimciyim de!"

"Ben de tüm gericilere karşıyım!"

Yatağından fırlayan koşuyordu arkalarından. Revir'in önü tıklım tıklımdı.

"Aç kapıyı bizi de al içeri!"

Yavşak Şadi kapının önünde kollarını açmış dikiliyordu: "Yeter bu kadar!.. Boş yatak kalmadı içerde!"

"Yatak istemez! Yerde de yatarız biz!"

Müdür kızmıştı ama, kime kızdığını kendisi de bilmiyordu:

"Uyandır Mahmut Bey'i. Nöbetçi öğretmeni de uyandır! Gizli toplantı haaa! Girin hepiniz de içeri! Yarın kovacağım sizi okuldan! Pis bozguncular! Vatan hainleri!"

BİT GENELGESİNİN SINIFSAL AÇIDAN YORUMU

Okul Müdürü Osman Topçuoğlu, bahçeye giden koridorda tüm yatılıları, akşam yemeğinden hemen sonra sıkış sıkış toplamıştı. Piyade talimnamesine uygun olarak saf halinde tam bir "içtima"ydı bu! "Sağdan ikişer marş!" dese kapıyı açar bahçeye çıkabilirdik uygun adım.

"Çocuklar!" diye başladı. "Sağlığınızla alâkalı bir tamim geldi Bakanlıktan!"

Özellikle, "ilgili" ve "genelge" dememek için bu "alâka" ve "tamim" kelimelerini kullanıyordu her yönlü tutucu gerici bir idareci olduğuna inandırmak için. Güdük Necmi ilk yakıştırmasını yaptı sıcağı sıcağına:

"AİDS'ten korunmamız için olacak bu genelge!"

"Kim orda ukalalık eden!... O kadar modern bir hastalık değil, Bakanlığın sizi korumak istediği..."

"Öyleyse belsoğukluğudur!" dedi, Güdük Necmi duyulur duyulmaz.

"Kim, lafımı piç eden, hangi eşş... Tööööbeee... töbe, Bakanlık sizi bitten korumak istiyor, bitten... Bit! Okullarda salgın halinde diyor!"

Güdük Necmi bu kez resmen lafa karıştı:

"O kadar da değil Müdür Bey!" dedi, "Biraz abartmış Sayın Bakan doğrusu! Salgın görmemiş o!"

"Çok şükür okulumuzda bit yok, denebilir! Olsa olsa.. Henüz.."

"Kaşınıyoruz... Henüz kaşıntı döneminde!"

"Yavşak... Yavşak halinde ama onun bit olmasına fırsat vermeyeceğiz!"

"Suyumuz da bol sabunumuz da!" dedi Müdür.

Her işte kullandığı öğretmen yardımcısı Şadi Bey'in "Yavşak Şadi" olduğunu henüz bilmiyordu. Kel Mahmut çoktan anlamış, sinsi sinsi gülüyordu. Bizim kadar o da sevmezdi Yavşak'ı. Açıktan açığa Müdür'ün maşası olmuştu son günlerde.

Bu bit sorununa çok önem veriyordu Müdür Osman Topçuoğlu, Bakanlığın tamimi yüzünden.

"Ben Revir'i bugün hazırlattım!" dedi, "Tüm yatakları, örtüleri, çarşafları dezenfekte ettirdim!"

"Ne yaptırmış ne yaptırmış!"

"Yeni ilaçlatmış!"

Hababam Sınıfı'nın ütü odası sanıkları böylece yakalarını kurtarmış oluyorlardı Revir'e kapatılmaktan, Yavşak'la Adıbelli'nin morfini, bu bit genelgesiyle önemini tümüyle yitirmişti.

"Revir hazır çocuklar!" diye yineledi Müdür, "Yatılısınız hepiniz! İster paralı olsun ister, parasız yatılı... Bizim öz çocuklarımız sayılırsınız! Yatılılıkta ayıp yok..utanmak, sıkılmak yok!

Üstünüzde, başınızda o pis mahluktan gördünüz mü öldürmekle kalmayın, çamaşırlarınızı hemen değiştirin. Koyun çamaşır torbalarınıza, doğru çamaşırhaneye. İkisini üçünü bir arada gören, doğru idareye, Mahmut Bey'e başvuracak! İster okul hamamına gönderir sizi, ister Revir'e kapatır. Çamaşırlarınızın eteklerine çini mürekkebiyle numaralar yazılacak... Yarından başlıyor temizlik teftişleri. İdarenin, muavinlerin, nöbetçi öğretmenlerin gözleri üstünüzde olacak. Haydi çocuklar, bit salgınının sonunda tifüsün salgın haline geleceğini unutmayın! Şimdilik söyleyeceklerim bu kadar. Tifüs başladımı ne okul kalır ne öğrenci! Kökünüz kazınır."

Ertesi günkü tüm gazeteler manşetler halinde tehlikeyi açıklıyorlardı:

"Bitlenme olayı salgına dönüşerek tüm okulları tehdit ediyor! Milli Eğitim Gençlik ve Spor Bakanlığı, okullardaki salgına karşı, sağlık eğitimi yaptırmak için genelge yayınladı. Salgına karşı seferberlik..."

Nerdeyse derslere girmek zorunluğu bile kalmamıştı. Bir sabah acı acı alarm ziliyle uyandı Hababam Sınıfı, nöbetçi öğretmenler, idareciler ayaktaydı.

"Yatak muayenesi yapılacak!"

"Önce üst baş muayenesi!"

Taramada ancak yirmibeş öğrenci temiz çıkabilmişti. Otuz, otuzbeş öğrenci don gömlek hamamın yolunu tutmuştu, sağlık müfettişlerinin gözetimi altında... Okul sıkıyönetim altındaydı sanki.

Bit savaşının seferberlik haline dönüştüğünü gören fukara parasız yatılılar, ütü odasında en ateşli toplantılarının oturumunu bir gece yarısı açtılar. Bu bir ölüm kalım sorunuydu onlar için.

Kalem Şakir, Palamut Recep'in işareti üzerine ortaya çıktı. Elindeki gündem kağıdına baka baka konuşmaya başladı:

"Arkadaşlar!" dedi, "parasız yatılılık ruhunun ateşlenmesinin gerektiği bir döneme gelmiş bulunuyoruz!. Çiğnenmiş haklarımızı okulu basan bitlerin yardımıyla kurtaracağız. Bugüne kadar Hababam Sınıfı'nın çoğunluğunu oluşturan parasız yatılılar idareden ne bir tek atlet alabildi, ne don, ne gömlek... İki yıllık pijama giyiyoruz. Kıçımızda parçalanmadıysa! Bugün Palamut Recep Müdür'ün kapısına dayanacak! Beşer atlet, beşer don istiyoruz, ilk ağız. Bit yüzünden yıkana yıkana evimizden getirdiğimiz çamaşırlar da parça parça oldu. Nerdeyse, yatakhanede sivil gezmek zorunda kalacağız!"

"Eşofman biçimi pijama isteriz!"

"Müdür'ün verdiği kıravatları bağlayacak şimdilik üçer gömlek isteriz!"

"Yaz Şakirciğim! Kalem elindeyken... Altı çorap... Üçü yün! İkişer pantolon... Şu kadar yıldır parasız yatılıyız. Palto yüzü gördük mü? Tam zamanı palto için asılmanın!"

"Pardesü verse de kabul! Şu yeni model pardesülerden!"

"Bu yılın elbisesini bitlerin kökü kazınmadan hemen isteriz! Hemen ölçümüzü alsınlar. Kökü kazındı mı bir daha yüzümüze bakmazlar... Yaz katip! İkişer de duş havlusu!"

"Ayakkabı... Bir çift kısa konçlu çizme... Uzun olmasın konçları."

"Karı mıyız biz!"

"Sus ağzını topla!"

"Yani uzun çizme bayanlara yakışır demek istedim!"

"Terlik te isteriz."

"Uzatmayalım arkadaşlar... Bunları koparalım Müdür'den gene isteriz.."

"Bitlerin kökü kazındı mı, isteklerin de kökü kazınır."

"Elimizi çabuk tutalım!... Revire kapattığımız Adıbelli bile son teftişte temiz çıktı, taburcu olacak nerdeyse!"

"Hep Güdük Necmi'nin ihmali! Nasıl Adıbelli'yi boşlarsın!"

"İki bit de mi kalmadı Adıbelli için!"

"Bir haftadır yatıyor içerde!" dedi Güdük Necmi, "Revir'in kapısından bile bakamadı. Benden bu kadar arkadaşlar! Nöbete başkası geçsin!"

"Sıra Yavşak Şadi'de. Onu da odasına kapatalım! Sansar Behçet'i de unutmayalım bu arada! Onu da biçimleyelim!"

"Bütün parazitlere, Yavşak'lara ölüm! Behçet'e de ömür boyu hapis!"

Kalem Şakir'in gündem kağıdında yeni sorunlar kalmamıştı:

"Oturumu kapatıyorum arkadaşlar!" dedi. "Başka isteklerimiz var mı, Sayın Müdür'ümüzden... Yarın Vali okulları gezecekmiş. Recep arkadaşımız bir daha bu vesileyle dile getirsin isteklerimizi!"

"Notlar alınmıştır!"

"Vali Bey'e ve devreye girecek olan sağlık müfettişlerine Hababam Sınıfı'ndan selamlar sevgiler. Bu arada kayıntılarla da ilgilenmeyi ihmal etmesinler!"

"Hele Büyük Şehir Belediye Başkanı'na da nazik zamanda tüm bitler'le, Yavşaklar'la işbirliği ederek suları kestirdiği için, yani suları kestirmek suretiyle davamıza katkıda bulunduğu için..."

"En candan şükranlar..."

Ütü odasının kapısında erketede duran Güdük Necmi koşar adımla içeri girdi:

"Geliyor körolayım!" dedi, "Topçuoğlu geliyor!"

Herkes hazırlıklıydı. Toplantıya gelenler havlularını boyunlarına atmışlar, sabun kutularını da ellerine almışlardı. Uzun bir demir boruya lehimlenen muslukların başına birer ikişer dağıldılar, alarm üzerine.

Palamut Recep alargada Müdürü karşılıyordu.

Çıkışacak birini bulmuştu:

"Niye yatmadı bunlar?" dedi.

"Yatmışlardı efendim... Bir kaşıntı başlayınca..."

"Ne kaşıntısı bu?.."

"Kaşıntı efendim, başlarını kaşımaya başladılar önce... Kalkın dedim, kaşınıp duracağınıza başınızı yıkayın!... Hazırlıklı oldukları için, kükürtlü sabunlarını aldılar dolaplarından..."

"Ama üşüyecekler... Sular soğuk değil mi?"

"Hem de nasıl..."

Sözde kimse Müdür'ün geldiğini bilmiyordu. Su sesinden konuşulanlar da duyulmuyordu. Güdük Necmi üşüme şarkısına başlamıştı bile.

"Uuuuşşş... Uuuşşş!... Uuuşşşşş!.

Dondum anacığım yetişşşş...

Ulan Hamamcı hangi cehennemdesin!..

At kütükleri külhanına!

Donuyorum sevgilim koşşş!..

Kıymayayım canına!..."

İnek Şaban gerçekten üşümüş, çeneleri takır takır birbirine vuruyordu. Safranbolulu olduğunu unutmuş, rahatça suyun soğukluğundan yakınıyordu, köylü ağzıyla:

"Anacuğummm! Uuuuşşş!"

Takır takır birbirine vuran çeneleriyle tempo tutarak Güdük Necmi'ye eşdeşlik ediyordu.

Bu başı bozukluk kızdırmıştı artık Müdürü:

"Heyyyy!" diye seslendi musluklara doğru:

"Haydi yataklarınıza! Gece yarısı baş mı yıkanırmış! Erken kalkın da yıkayın! Var mı sizden başkası ortalarda be!"

Gececi Murat'la Sansar Behçet de arkasında dikiliyordu:

"Haydi Recep!" dedi, "Al götür şunları yataklarına! Kimse kalmasın ayakta!"

3-A'ların yatakhanesine doğru basıp giderken:

"Gececi Murat!" diye seslendi, gerisine doğru!

"Kapat tüm yatakhanenin ışıklarını!"

Koridorların mavi ışıklarından yararlanarak yataklarını buldular. Buz gibi yataklarına girmişler, soğuktan uyuyamıyorlardı.

YAVŞAK ŞADİ NEDEN KUDURDU?

Hababam Sınıfından tam onbeş öğrenci sabah etüdünde adlarını revir için Sınıf Başkanına yazdırmışlardı! Yalnız şu onbeş günlük sınıf başkanlığı, yalnız üç haftalık yeni sınıf icraatında değil, bir yıl önceki eski başkanlığında da böyle bir hastalık furyasıyla karşılaşmamıştı Palamut Recep... Tepkinin Kel Mahmut'tan çok Müdür Topçuoğlu'ndan geleceğini düşünerek:

"Olmaz böyle rezalet!" diye öfkesini belirtince karşısında Selman Ocaklı'yı buldu:

"Hastalık, hastalıktır arkadaş, yazacaksın sen! Sana ne! Veteriner misin, tabura yeni gelmiş teğmen doktor mu? Yaz bizim Hasan'ı da, Yakup'u da... Haldun da hasta... Sızlanıp duruyor! Yaz beni de!"

Kel Mahmut'un müfettiş fiyaskosundan sonra yitirdiği puanları toplamak istiyordu Selman. Oysa bu durumu sinsi sinsi izleyen Kalem Şakir olandan bitenden hoşnuttu. Sınıflarda hasta sayısının kabarması, Müdürü ilgilendirirdi ancak. Müdür'ün baş hafiyesi Adıbelli'den sızdırdığı habere göre, salgınlar gizli tutulacak, dışarda ne gazetecilere duyurulacaktı, ne öğrenci velilerine! Hele parti yöneticilerine hiç bir haber sızdırılmayacaktı. Ocaklı henüz uykudaydı demek. Kalem'in sinyalleriyle uyanan Palamut:

"Bırak tantanayı arkadaşım!" dedi, "Söyle de adlarını yazayım! Önce Selam Ocaklı, öyle mi? Sonra Yakup, Hasan... Haldun'u da yazayım."

"Yaz beni de! Ateşim var!"

Onbeş, dört daha ondokuz hasta vardı sınıfta demek. Müdür öğrenince deliye dönecekti. Ankara'dan gizli emir vardı. Ne hasta sayısını, ne hastalığın adını, hastanın kendisi bile bilmeyecek, salgın hastalıklardan tifo, grip gibi herkesçe bilinen adlar asla dillendirilmeyecekti. Gazeteler hemen her saat başı telefonu açıp soruyorlardı idareye. Mevsim gereği soğuk algınlıkları olurdu ister istemez. Buna kim grip salgını diyebilirdi. Tifo da nerden çıkıyordu. Bu salgın yakıştırmasını da hangi gazete çıkarmıştı?.. İkitidarın göz kamaştıran başarılarını balçıkla sıvamaya hangi bozguncunun gücü yeterdi? Gene de korkulurdu bunlardan. Uyanık olmalıydı.

Telefonda Milli Eğitim Müdürünün bu konuda uyarılarını dinlerken Yavşak Şadi girmişti:

"Sular İdaresinden okullara genelge var!" dedi,

"Tam otuz saat sular kesilecek!"

Böyle zamanlar için emri hazırdı Müdür'ün:

"Depolar doldurulsun! Aşçıyla idarenin özel deposu da!"

Biraz da rahatlamıştı? Demek bunalım, vilayet çapındaydı. Okulların boyunu aşmıştı. Ne var ki Topçuoğlu tüm okulda viziteye çıkacak hasta sayısını henüz öğrenmemişti. Yirmi derslikte ortalama onar hastadan en az ikiyüz hasta revir kuyruğuna girmek için şimdiden yerlerini almaya başlamıştı. Bu yüzden Hababam Sınıfı da boşalıvermişti işte!

Okullar, Bakanlığın sıkı emirlerine karşın gene de boşboğazlık etmiş olacaklardı. Üç okulda tifo salgınından söz ediyordu gazeteler. Bir okulun yarısı gripten yatıyordu. Bir öğrenci de kudurmuştu. Okulların hemen tümü yeterince ısıtılmıyordu. Hava kirliliği de cabası...

Yetkili Milli Eğitimcinin bildirisi vardı radyoda. Spikere göre gazeteler durumu abartıyorlardı. Salgın değil bir iki "münferit" olaydı bu, söz konusu tifo hastalığı... Gripse mevsim için doğaldı. Sularsa şarıl şarıl akıyordu. Yağmur bulutları kentin üstünde görününce yağmur bombaları patlatılacaktı. Elverişli rüzgarlar esti mi, hem hava kirliliği önlenecek, hem yeterli yağmur bulutları gelecekti. Bununla birlikte Süleymancılar yağmur dualarına çıkıyorlardı köylerde. Gazetelere bile geçmişti, bu parmak uçları yere dönük ters amincilerin resimleri.

Hafta başında viziteye çıkan Hababam Sınıfı'nın ondokuz vizitecisinden onyedisi sınıfa sağ salim dönmüştü. Palamut Recep onlarla giden İnek Şaban'a sordu:

"Ne yaptı doktor Utku'yla Nazmi'yi?"

"Utku revirde kaldı, Nazmi Nümune'ye gidecek" dedi, Şaban.

"Nesi varmış Nazmi Baklacı'nın?"

"Biraz karışıkçana!"

Kapıcı Bekir'le hastaneye gönderilen Baklacı'nın durumu gerçekten karışıktı. Ateşler içinde yanıyordu. Üşütmüş deyip geçiyorlardı. Gelgelelim yatak çarşaflarıyla çamaşırları etüve sokulmuştu. Öğrencilerden gizleniyordu durumu. Şimdilik Palamut Recep'le Kalem Şakir biliyordu tifodan yattığını. Akşam sigarasında Domdom Ali'yle Refüze Ekrem de öğrenmişti. Selman'ın adamları Markette lahmacun yerken öğrenince ertesi gün tüm okula yayıldı, Hababam Sınıfı'ndan bir tifolunun çıktığı! Nasıl sınıftı bu!.. Her antikalık da bu sınıftan çıkardı!

Bu tifo olayı koskoca Topçuoğlu'nu yıkmışa benziyordu. Okulun adı pek yakında gazetelere geçecekti. Son gelen emirlere göre hastalığı Milli Eğitim Müdürü'nden bile gizlemeliydi. Bu gizliliğe Sayın Müdür bile sevinirdi sonunda. Olay okullar çevresince değil Devlet hastanesince açıklanmalıydı.

Topçuoğlu ilk iş olarak Yavşak Şadi'yi çağırdı.

"Stajyerliğini onaylayıp gönderdim!" dedi, "Kararnamen Ankara'dan geldi mi tamamdır!"

Oysa henüz yazmamıştı bile...

"Şimdi senden bir ricam olacak!" dedi. "Okulumuzda bir tifo vakası var. Okul temizliğine Mahmut Bey'den önce sen bakacaksın! Sorumlu olan sensin! Tifo temizlik ister! Temiz su... Temiz hava... Temiz kapkacak... Mutfak temizliği... Yatakhane temizliği... Önce okulun arkasındaki çöplükten başlayacaksın işe! Yemek artıklarından... Kedilerden, köpeklerden... Kıyacağız hayvanlara gözlerinin yaşlarına bakmadan! Kuduzun da sözü ediliyor gazetelerde."

"Emredersiniz Sayın Müdürüm. Belediye temizlik işlerinde hemşerim var!"

"Seni göreyim! Okulumuzda tifo salgını var, dedirtmeyeceğiz, zaten Bakanlık yasak ediyor! Aman gazetelere geçmesin okulun adı! Tüm temizlikten sen sorumlusun!"

"Bana güvenebilirsiniz Sayın Müdürüm!"

Ne yazık ki daha o gün kötü bir raslantı olarak Yavşak Şadi'yi mutfağın oradaki köpeklerden biri ısırıvermişti. Belediyeciler köpeği hemen vurmuşlar, leşini Kuduz Hastanesine teslim etmişlerdi. Kudurmayan köpek niçin ısırdı Yavşak Şadi'yi, bu yemek artığı bolluğunda. Karnından iğneler vurulmaya başlamıştı sıcağı sıcağına.

O günkü gazetelerde Kuduz Tedavi Merkezi Başkanı Sayın Bayan Hekim: "İnsanlara hayvanları sevmemeyi öğretmeli!" diyordu, "Bir sürü kimsesiz çocuk var. Onlara baksınlar, onları sevsinler!"

Oysa Şadi Bey çocukları çok severdi. Ne çare ki kendisini onlara sevdiremiyordu. Öğretmenliği sevmekle de iş bitmiyordu.

Veteriner Odası Başkanı, hiç de kuduz doktoru gibi düşünmüyordu. Kedilerin, köpeklerin öldürülmesine karşıydı. "Ekonomik değeri olan evcil hayvanlar var. Bunların sağlığına yeterli özeni göstermezsek insan sağlığı tehlikeye girer" diyordu. "Hele kedileri öldürmek... Ya sıçanlar çoğalır da memlekete felaket getirirseee..."

Bir uzman, "Aşı iyi ve tedavi doğruysa, hasta ölmez," diyordu.

Profesör Schneider de şöyle söylüyordu:

"Geri kalmış ülkelerdeki kuduz aşıları, Avrupa'dakilerin ancak 10'da biri kadar etkili oluyor hastaya. Siz de henüz kaliteli aşı ithal etmiyorsunuz dışardan!"

Sağlık Bakanı Kalemli'de şöyle diyordu:

"Aşıda suç yok! Hasta kuduzsa aşılansa da ölebilir!"

Yavşak Şadi bu durumda ne olcaktı. Bütün Hababam Sınıfı yan tutmaz bir bilim adamı soğukkanlılığı ile sonucu bekliyordu. Tüm icraatımızda olduğu gibi kimin dediği olacaktı? Ne var ki Yavşak Şadi kadar, Milli Eğitimimiz de aşı kâr etmez durumdaydı!

Bunu Palamut Recep şöyle açıkladı:

"Arkadaşlar!" dedi. "Şadi Bey'i ısırdıktan sonra öldürülen köpeğin raporu gelmiş bulunuyor. Çok şükür, değerli stajyer öğretmenimizi ısıran köpek mikropsuzmuş... Kuduz mikrobu yokmuş! Şu halde boşuna yemiş Şadi Bey kuduz iğnelerini!"

"Yazık!"

Kim söylemişti? Domdom Ali mi, arkasında oturan Adıbelli mi? Her ikisi de başka başka nedenlerden söyleyebilirdi.

O akşam Topçuoğlu sınıf başkanlarını toplamıştı odasına:

"Sevgili çocuklarım!" dedi, "Haberi siz de öğrendiniz. Genç arkadaşımız Şadi Şakıgil'i ısıran köpekte kuduz mikrobu bulunmadığı anlaşılmış! Şu demektir ki Şadi Bey, boşuna yemiş kuduz iğnelerini. Bu raporun bir kopyası da yattığı hastaneye gideceğine göre taburcu edilecek demektir. Onu hastaneden alıp okula getirmekse size düşüyor! Şu anda hepiniz izinlisiniz! Aranızda para toplayıp çiçek yaptıracaksınız... Anlaşılıyor, değil mi çocuklar?.. Çiçekle gideceksiniz geçmiş olsun demeye!.. Haydi, geç kalmayın! Alıp getirin öğretmeninizi!"

Demek Palamut Recep de izinden yararlanacaklardandı. Ama bu çiçek de ne oluyordu! Yetmiyor muydu Yavşak Şadi'ye ölümden dönme sevinci?

Çelengi taşımak da Palamut Recep'e düşmüştü. Sınıf başkanlarının en yapılısı olduğu için çelengi götürüp sevgili öğretmenine sunmak da!

Servisin doktoruyla, kapatıldığı hücreye girdiklerinde Yavşak Şadi pijamalarını çıkarmış pantolonunu giyiyordu. Onları görünce paçasını sürüyerek bir köşeye sindi. Eliyle önünü kapatıyordu.

"Geçmiş olsun!" dedi Palamut Recep.

"Geçmedi ki..." dedi, "Çok derin ısırmış!"

"Ama mikrop yokmuş köpekte!" dedi, servisin doktoru.

"Mikrop yokmuş da neden ısırmış durup dururken..."

"Köpek bu..." dedi, "Ağzına yakın gidersen ısırır, hiç bakmaz!"

"Hiç belli değildi ısıracağı..." dedi Yavşak.

"Isıracak köpek dişini göstermez demiş dedelerimiz!"

Yavşak Şadi pantolununu ayağına geçirmek istiyor, geçiremiyordu. Palumut yardım etmek isteyince yürüdü üzerine:

Doktor aralarına girmese elinden çekip aldığı çelengi kafasına indirecekti.

"Dur, Şadi Bey!" dedi, "Sakin ol!"

"Adamı zorla kudurtursunuz siz! Çıkın dışarı da rahat giyeyim pantolunumu!"

İster istemez çıktılar dışarıya:

"Beğenmedim!" dedi, Doktor, "Çok anormaldi hareketleri... Oysa hiç öfkelenecek bir şey yoktu ortada... Gözleri de kızarmıştı!"

"Yani kudurmuş mu demek istiyorsunuz?"

"Olamaz mı? Belki köpeğin raporu yanlıştı. Belki de aşılar..."

"Yani aşıya mı geç başladınız?"

Genç doktor gülüyordu:

"Tam tersi..." diyordu, "Çok erken başladığımız için..."

"Heey Palamut Recep..."

Kimdi bu bağıran? Yavşak Şadi çıkmış, hücresinin kapısından sesleniyordu:

"Hiç kurtuluş yok mu, bu Hababam Sınıfı'ndan! Tulum Hayri'lerden, Palamut Recep'lerden!.. Nedir sizden çektiğim!"

Servis doktoru alarm düğmesine basmış hademeleri toplamıştı:

"Tutun, kapatın şu adamı içeri! Çabuk! Kudurmuş bu adam!"

Ertesi gün tanınmış bir bilim adamı, yerli kuduz aşılarının da sağlam bir insanı kudurtabileceğini düzenlediği basın toplantısında açıklıyordu.

MİLLİ SPOR, MİLLİ GENÇLİK, MİLLİ...

Müdür Topçuoğlu, mevsimin en soğuk günü olduğunu yatak odasındaki barometreden öğrendiği halde Avrupa'ya takım götüren bir idareci görünümünde spor giyinişiyle salonda boy gösterdi. Karnını içine çekip başını dikleştirerek çocukların topuna birden seslendi:

"Çocuklar!"

Pişman olmuş gibi birden durdu:

"Genç arkadaşlarım!" diye başladı yeniden. Bir başkalık vardı Topçuoğlu'nda bugün. Öğrenciye yaklaşmak, onlarla kaynaşmak mı istiyordu? Son günlerde acemi köşe yazarlarının deyimiyle politize olmuş, siyaseti kıvıramadığı için de gülünç olmuştu. Belliydi bu alanda hazırlıklı olmadığı... Polis müdürlüğünden de gelse herkes bir siyasi polis, iktidarın dümen suyunda yetenekli bir emir kulu olamazdı. Şu durumda bile gene de aynı yolu seçmiş görünüyordu, takındığı ülkücü davranışlarla:

"Bakanlığımızın yeni adını benim kadar siz de biliyorsunuz!" diye başladı, "Gençlik Bakanlığı! Bizim yaşımızdakiler bile genç olma zorunluluğundayız bundan sonra. Bakanlığımızın adı bu kadar kısa değil, içinde gençlik de var! Gençlikle birlikte spor da var! Sporsuz gençlik... Gençlik dışında spor düşünülemez de! Olamaz!... Biz göstermelik, caddelerde dedeleri koşturmuyoruz! Gençlik kahve köşelerinde pineklerken... Gençlerimizi yarıştırıyoruz sahalarda!"

Ne çıkacaktı bu meydan konuşmasının ardından?

"Okul karşılaşmalarını hemen başlatıyoruz. Bakanlığımızın yüksek emirleriyle, genç arkadaşlarım!"

"Yani maçlar başlıyor!" dedi, Tulum Hayri, yeni dostu Selman Ocaklı'nın kulağına, "Çıksın kendine güvenen!"

Palamut Recep ister istemez yanıtladı Tulum'u:

"Takımımız hazır!"

"Önce sınıf maçları!" dedi, Müdür, "Havalar elverişli giderse, arka bahçede futbol karşılaşmaları... Yağmurlu giderse salonda voleybol, basketbol maçları..."

İlk kez, ilgiyle dinleniyordu Topçuoğlu, tüm öğrencilerce... Kulakların ağzına dönük oluşu hoşuna gidiyordu onun da.

"Hazırız Hocam!"

Bu ne içtenlikti!

"Son dersten sonra gelsin başkanlar bana! Kuraları çekelim, odamda."

"Çekelim!" dedi Sansar Behçet! Yavşak Şadi'nin yerine o geçmişti. Müdür'ün kapısından ayrıldığı yoktu bütün gün.

"Forma... Ayakkabı izteriz!" dediler.

"Okul kulübüne alın!" dedi, "Para toplayın da. Paranız yetmezse biz de ekleriz!"

"Siz aldırın da... Toplarız biz!"

Bakanlığın emri vardı. Bu işin teftişi, müfettişi de olurdu.

"Hele kuralar çekilsin!" dedi, bir süre bekledi:

"Haydi dağılın!" demesi yakışık almazdı hemen.

"Genç arkadaşlarım!" diye yeniden başladı söze:

"Sporun ne demek olduğunu biliyorsunuz. Maçlar kardeşlik için başlıyacak. Dostlukla sürecek, centilmenlikle bitecek... Bakış içinde, bir arada. Kavgasız... Sertlik istemem!.. Hakemlere saygı... Anlaşıldı değil mi?"

Akşama kuralar çekilmişti. Futbolda Hababam Sınıfı'na A Şubesi düşmüştü. Tam Tulum Hayrilik takımdı. Başkanlığı boyunca onu çileden çıkaran oyuncular yetiştirmişti A Şubesi. "Bu yıl görürler!" dedi. Takımın eski kaptanı olarak, hırslıydı Tulum. Ertesi akşam formasını giymiş sınıfın topunu şişirip inmişti arka bahçeye. Hababam Sınıfı'nın yeni futbolcuları da teker teker düşüyorlardı. Sadık Sırım kaleci kazağını giymiş, geçmişti kaleye. Veli Özbakır göz dolduran bir for görünümündeydi. Kelek Orhan da takımın gülü. Domdom Ali, Güdük Necmi, Refüze Ekrem paslaşıyorlardı. Kalem Şakir'le, Palamut Recep idareci olarak yerlerini almışlardı, bahçenin tek ağacının altında. Tulum Hayri Sadık'ı kaleye dikmiş, falsolu penaltılarına başlamıştı. Selman, dönen topları kapıyor, Düdük İsmet'i çalımlayıp kaleye giriyordu.

"Başlayabiliriz!" dedi Palamut Recep.

Çıkardığı London marka düdüğü kesik kesik üfleyerek, İnek Şaban'a:

"Geç sen de karşı kaleye!" dedi, Şakir.

Kel Mahmut da görünmüştü arka kapıda:

"Haydi çocuklar!" dedi, "Sizinle açacağım yeni sezonu! Getirin topu da ilk vuruşumu yapayım!"

Kaleci Sadık elindeki topu penaltı noktasına oturtup kıçın kıçın geriledi. Daha kalede yerini bulmadan:

"Çek Hoca'm, asıl!" dedi, "İlk golü senden yiyeyim!"

"Ben çekeyim de sen kabadayıysan yeme bakalım!"

"Haydi Hoca'm, asıl!" diye bağırdı çocuklar.

Beklenmeyen bir kıvraklıkla asıldı Tarihçi Mahmut Alnıgeniş. Top kalenin sağ üst açısından süzülerek kaleye... Bu bir rastlantı mıydı, yoksa kalecinin ikramı mı? Bunu hiç kimse anlayamamıştı, atan da yiyen de, seyirciler de ünlediler:

"Yaşa Hocaam!"

"Haydi başlayın artık!" dedi, Hocamız, "Başarılı geçsin maçlarınız. En azından bir sınıf şampiyonluğu isterim sizden! Buna layıktır sınıfımız! Gel Hayri öpeyim seni! Spor dostluk demektir, değil mi Recep! Bütün Hababam Sınıfı'na candan başarılar, çocuklar!"

Yeni oyuncular kırk dakikalık çift kalede kendilirini göstermişlerdi. Kalecide iş vardı. Hele Veli Özbakır az rastlanır bir genç yıldızdı, hem de boylu boslu, yakışıklı... Selman bile vuruşlarıyla göz doldurmuştu.

Artık sonuç belliydi sınıf maçlarında. Sınıfların hem de üçlerin en büyüğü Hababam Sınıfı! Daha büyük yok! Sınıf maçlarının sonunda bir gerçek daha ortaya çıkmıştı. Tüm sınıf iki ünlü oyuncudan sözediyordu. En çok gol atanla, en az gol yiyen iki futbolcudan. Kaleci Sadık Sırım'la gol makinesi Veli Özbakır'dan yani. Bir de Selman Ocaklı vardı. Böylece Hababam Sınıfı, okul takımına üç oyuncu vermiş oluyordu. Tulum Hayri dururken bu

Selman da nerden çıkmıştı? Buna Tulum Hayri bile şaşmıyordu. Özel sektörün bir başarısıydı bu.

Liseler arası maç okula en yakın stadda yapılacaktı. Bu saha seçimi de, Topçuoğlu'nun başarısıydı işte! Sahaya yakışır bir giyinim isterdi takım... Gıcır gıcır formalar, en ünlü futbolcuların ayaklarındaki, ayağa çorap gibi yapışan ayakkabılar... Beckenbauer'lerin, Maradona'ların futbol ayakkabılarından... Bu iş de okul takımının kaptanı, özel sektörün okuldaki temsilcisi marketçi Selman Ocaklı'ya düşerdi. Okula süt yoğurt veren Hassüt için otuz formayla, otuz ayakkabı da bir külfet miydi? Ancak bu firmanın reklamı olurdu bu formalar. Okulun renklerinin Hassüt'ün renklerine tıpatıp benzemesi de şaşılacak bir rastlantıydı. "Yeşil" sahaların değil, çayırların da arayıp bulamadığı bir renkti. Beyaz da tüm ineklerin ürününü simgeleyen sütün değişmez rengiydi. Formanın göğsündeki amblem de ağzındaki bir tutam yemyeşil otla geviş getiren sağlık simgesi bir inekti... Gözlerinin içi, pırıl pırıl parlayarak gülen bir inek... Ne var ki okul takımından önce bunları giyip resim çektirmek, İnek Şaban'lı oyuncusuyla Hababam Sınıfı'nın hakkıydı. Okulun en problem takımı olan A Şubesini 5-1 yenen bir takımın bu formaları giyip de resim çektirmesi, ancak uğur getirdi okul takımına. Şaban formayı sırtına geçirip ayakkabısını giyerken tüm sınıf ondan tek başına renkli bir resim çektirmesini istemiş, fotoğrafçının karşısına dikmişti. Nasıl kırardı İnek Şaban bu içten gelen dileği. Kalem Şakir:

"Bir resim de Tulum Hayri'ye imzalayıp vereceksin, Şaban'cığım!" dedi. "A Şubesine attığın tek golle onun başaramadığı işi nasıl başardığını bakıp bakıp dert edinsin kendine. Görsün nasıl geçermiş boynuzlar kulakları! Hem de kulakların en uzunlarını!"

Ertesi gün bu büyük kentin ünlü stadında on bin sekiz yüz seksen beş seyircinin önünde iki ünlü lisenin tarihlere geçecek olan büyük maçı başlıyordu. Hababam Sınıfı 7 tifolu, 2 bitli öğrencisinin dışında tümüyle açık tribünlerde yerini almış sloganlara başlamıştı.

Hakemin çağrısıyla önce karşı lise boy göstermişti alanda... Hiç mi bu liseyi tutan yoktu seyirciler içinde... Dört yedeğiyle 15 inek amblemli yeşil-beyaz formasıyla çıkan ünlü takım görününce yer yerinden oynamıştı. Ne var ki Veli Özbakır ayağını sürüye sürüye kalenin arkasına yedeklerin arasına doğru yürüyordu. Şeref locasındaki okul Müdürü Topçuoğlu durumu görünce yeni özel ulağı Sansar Behçet'i eliyle çağırdı:

"Git söyle Antrenör Ekrem Bey'e Özbakırcı'nın yedekte işi ne! Hemen sahaya çıkarsın! Bıraksın antrenör numarasını! Sırası mı bunun! Koş!"

Hakemin son düdüğüyle ancak yerini alabilmişti, Veli Özbakır. Neden isteksizdi bu çocuk! Ekrem canını mı sıkmıştı, bu huysuz Badi Ekrem! Oyundan sonra haddini bildirirdi Topçuoğlu ona!

Yerine geçen Özbakır bir iki kez tepindi, ısınmak için. Oyunu başlatan düdüğün cırlak sesine uyarak topun üzerine doğru koştu. Karşı takımın acar forlarından biri arkasında top sürüyordu. Birden dönüp sol ayağını uzattı. Bu hızla dönüş onun başını döndürmüştü. Sekerek kendini topladı. Topun peşinde koşmak istedi, değil koşmak yürüyemiyordu. Geriden gelen top iki ayağının arasına sıkışıp kalmıştı. Az ilerisinde ağzında bir tutam otuyla bir inek başı duruyordu. Kendi takımının oyuncularından biriydi, olsa olsa Selman... Tüm gücünü toplayıp topu ona geçirmişti. Top ondaydı artık. Önündeki mavi formalı oyuncuyu sollayıp geçmeye çalışan Selman'ı bir süre gözleriyle izledi. Başka yeşil beyazlı oyuncu aradı sahada, göremedi. Mavi formalı futbolcular da görünmüyordu. Yemyeşil futbol sahası, bomboştu. Sesler de duyulmaz olmuştu. Stadyumun uğultusu da...

Hakemin düdüğü de duyulmuyordu artık. En azından sahanın kıyısındaki sağlık ekiplerini çağırması gerekmez miydi? Ekip değil, kolu kızılay bantlı bir tek genç bile yoktu. Yedekler koştular kale arkasından. Badi Ekrem nerdeydi? Gelse de Veli'nin kalbine bir masaj yapsaydı, derslerde anlatıldığı gibi ölüleri dirilten bir masaj.

"Öğretmenim!"

Şu anda kendisini bir takımın antrenörü olarak düşünen Badi Ekrem, kıvrılıp yatan bu oyuncusuna masaj yapmak bir yana, ancak bir ambulans çağırabilirdi, bir stad yetkilisine rastlayabilirse... Eğer o yetkili okul maçlarını görevden sayıp da görevi başında bulunursa.

Okul arkadaşları stad kapısına kadar taşıdılar Veli'yi. Bir öğrenci kargaşası için kapıda bekleyen "Fruko"lardan hemen ikisi asfalta atlamıştı arabasından:

"Yaralı mı?" diye sordu arkadaşlarına.

"Bayıldı."

Komiser şoförün yanından duymuştu. En azdan yaralı öğrenci bekliyordu. Komiser gene de:

"Alın içeri" dedi, "Boş oturuyoruz. Atıverelim hastaneye!"

Maç kızışmış olmalıydı. Oyuna hız vermek için tempolu bağırmalar geliyordu içerden:

"Bastır yeşil beyaz!"

Ertesi gün bir gazete şöyle özetliyordu durumu:

"Dördüncü dakikada Veli Özbakırcı aniden yere düştü. Bir süre kalkamadığını gören takım arkadaşları... Sağlık görevlileri ambulansla genç futbolcuyu hemen hastaneye kaldırdılarsa da onaltı yaşındaki futbolcuyu kurtaramadılar.

FRANSA'DA GERİ ALINAN YASA TASARISI

Yeni Başkan Palamut Recep'in, icaatın içinde geçen ilk haftalarıydı. Bunun brifingi okula en yakın olan Hacıbaba'nın muhallebici dükkanında yapılmalıydı, sınıfın beyin takımı arasında. Kuşkusuz iki beyin takımı vardı Hababam Sınıfı'nda. Tüm devinim içindeki toplumlarda olduğu gibi... İleriye dönük olarak çalışan beyin takımı ile bir de tutucu gerici takım... Palamut'un takımının başını Kalem Şakir çekiyordu. Refüze Ekram'le Güdük Necmi de isterlerse katılabilirlerdi bu toplantıya, İnek Şaban bile gelebilirdi.

Muhallebici dükkanı havanın güzelliğinden ötürü çok tenhaydı. Sınıfın devrimcileri dip köşede yerlerini alır almaz, hemen eller ceplere gitmiş, sigaralar tüttürülmüştü. Hacı Baba'nın sahlebi bu sigaralarla ne giderdi ya!..

Sahlepleri getiren garsona sormaktan kendini alamamıştı Güdük Necmi:

"Hurşit buralarda mı?"

Oysa Necmi'nin hiçbir işi yoktu Hacı Baba'nın oğlu Hurşit'le. Sormuştu işte. Garsonun ağzı, hemen kulaklarına doğru uzayıvermişti. Bütün Hababam Sınıfı tanırdı Hurşit'i. Başka lisede okurdu ama, kendilerinden ayırmazlardı onu. Bir Hababamlık yanı olduğu bir bakışta anlaşılırdı Hurşit'in.

"Uğramaz bu güzel havalarda!" dedi garson, "Büyük adam oldu o! Beyoğlu'nda kız kovalar bu saatlerde."

"Demek büyük adam alamamış daha..." dedi, Güdük Necmi, "Kızlar, büyük adamları kovalıyor bugünlerde... Kafesleyen kafesleyene. Boşa gitti beslenen umutlar, desene Hurşit için."

"Haklısın Güdük'cüğüm!" dedi, Kalem Şakir, "Umutlarımızı boşa çıkaranların başında yalnız karaoğlanlar yok... Süper Mürşit Kısakürek'le, Hacı Baba'nın Hurşit de var işte!"

Buna garson bile katıla katıla gülüyordu. Çocuklar arasında geçerli tekerlemelerden biriydi: En büyük Mürşit... Hacıbaba'nın Hurşit.

Sigarasını kül tablasına bastıran Palamut Recep, oturumu açan Meclis Başkanı ciddiliğiyle:

"Arkadaşlar!" dedi, "Önemli haberlerim var... Sınıfta size çıtlatabilirdim ama, toplantı günümüzü bekledim. Hababam Sınıfı'ndaki holdingcilerin girişimiyle bir market açılıyor... Başına öğrencilerden kim getiriliyor biliyor musunuz?"

Güdük Necmi, hiç düşünmeden "Tulum!" dedi, "Tulum Hayri!"

"Olamaz! Tulum olamaz. Adanalılar güvenemezler ona!" dedi, Refüze Ekrem.

"Ona güvenmelerine gerek yok."

"İşin başında Selman var, Selman Ocaklı!" dedi, Palamut Recep. "Ona güvensinler yeter. O da Tulum'a güveniyor. Bir yedikleri ayrı gidiyor."

"Tamam!" dedi, "İnandım o zaman!.. Ocaklı'lar zaten süpermarket işletiyorlar dışarda."

"Okulda da şubesini açacaklar demektir. Adı da market değil de kooperatif... Kooperatif değil de kantin..."

Kalem Şakir bilimsel açıdan yaklaşmak istedi konuya:

"Özel sektör, hükümetin doğrultusunda girişime geçti demektir, devletçiliğe karşı. Özel sektör Tulum'u ödüllendirmiş oluyor bir yandan da... Sınıf Başkanlığını kaybettin, al sana kantinde müdürlük... Ye, iç özel sektöre dua et! Ne teşkilat ya!"

"Ve okula da özel sermaye giriyor böylece!"

"Selman Ocaklı tam anlamıyla yatırımcı! Bütün gün odasından çıkmıyor Müdür'ün! Sanki ortak çalışıyorlar. Ne Müdür ya, bizim Topçuoğlu da!"

Hademeler kooperatifte temizliğe geçtiler bile!" dedi Palamut Recep, "Pazartesiye sanırım dışardan, süpermarketten mallar da gelecek!"

Kalem Şakir, beğeniyle bakıyordu Palamut'a:

"Aferin!", dedi, "Boş oturmamışsın! Seni doğrulayacak bende de ayrıntılı bilgiler var!"

Bir süre düşündü. Kalem Şakir:

"Biz de boş durmayacağız!" dedi, "Çolak Hamdi, çok işimize yarayacak! Aman bugünlerde darıltmayalım! O yardım ederse özel sektörü çuvallatırız da girişimlerinde."

"Nasıl?" dedi Palamut.

"Nasıl olacak, özel sektörün sermayesiyle kooperatif kurulamaz okullarda... Yani tüketim kooperatifi... Kooperatif kurulacaksa parasız yatılı bile olsak, üç beş kuruş bizim de para yatırmamız gerekir."

"Soyumuz, sopumuz kurumadı ya, bizim be! Üç beş kuruş buluruz, kooperatife ortak olmak için!"

Daha o gün okula döner dönmez hemen Çolak Hamdi'ye yanaştı Kalem Şakir:

"Sen de marketçilerden misin açık söyle!" diye hemen konuya girdi.

"Anlayamadım!" dedi, Çolak Hamdi, "Ne marketi?"

"Demek adam yerine koyup bilgi vermediler sana hemşerilerin!"

"Hiçbir şeyden haberim yok."

"Hademeler merdiven altındaki kooperatifin masalarını sandalyelerini salona taşımaya başladılar bile! Salon hayatı yaşayacağız!"

"Ne kötülüğü var bunun! Ayranımızı salonda içeceğiz demek, bundan sonra. Boyalı sularımızı da... Çayımızı, kahvemizi, sahlebimizi de!"

"Bak, bunu düşünmedim. İzleyelim birlikte!"

"Tamam mı Çolak Hamdi!" dedi Kalem Şakir, "soydurmayacağız fakir fukarayı şu holdingcilere!"

"Tamam arkadaşım!"

Hababam Sınıfı, kooperatif deyince, sermayesine kurşun kalem, sermayesine defter, sermayesine yazılı sınav kağıdı, karton satılan yer sanıyordu. İlkokulda öyle öğretmişlerdi iyi niyetli Cumhuriyet öğretmenleri. Yerli malı haftaları yapılır üzüm, incir, fındık, leblebi yenirdi o yıllarda. Yerli malı, yurdun malıydı, herkesin onu ucuz ucuz kullanması gerekirdi. Okul kooperatifleri bu satılan ürünlerin karşılığı en az parayı almak için düzenlenirdi. Nerdeyse para bile almamayı amaç edinen bir havası vardı. Yıllar sonra bu kooperatifler kantinleşti, marketleşti, öğretmenlerin, müdürlerin satış yeteneklerini, pazarlama becerilerini sergiledikleri satış yerleri oldu. Öğretmenlerden ünlü kooperatifçiler çıktı. Çok kazandıran becerikli öğretmenlerin adları toplantılarda saygıyla anıldı.

Çolak Hamdi bir gün beyin takımına şöyle dedi:

"Gösterelim bu marketçilere, fakir, fukarayı kazıklamak neymiş!"

Helaların boşaldığı bir saatte Kalem Şakir Tokat sigarasıyla oturumu açmıştı:

"Anlaşıldı bunların dalgaları!" dedi, "Açıktan açığa kayıntılarımızla oynuyor bu market! Selman'la Müdür birlikte yapıyorlar kafa kafaya verip okulun kayıntı tabelasını... Yemek listesinde o gün kurtlu... Evet, evet, resmen kurtlu kuru fasulye mi var... Söyle Güdük, o gün kantinde ne vardı satışta, kayıntı olarak?"

"Bunu bilmeyecek ne var?" dedi, "Dışardaki süpermarkette cumartesi pazar artığı lahmacun..."

"Evet! Bol miktarda keçi etinden lahmacun..." Kokmuş salam... Pastırmalı, sucuklu sandöviçler kokudan kimsenin yiyemediği..."

Kalem Şakir doğruladı:

"Lahmacunlar yüzde yüz keçi eti... Çocuklar hela kuyruğunda, kırılıyor!"

"Ben bu marketi göreceksiniz duman edeceğim!" dedi, "Sözümü dinleyecek, bana inanacak Çukurovalılara bu günden başlayarak anlatacağım durumu! Belli günlerde tüketime paydos çektik mi, ne olur bilir misiniz, arkadaşlar?"

Ne olacağını biliyorlardı ama açıklamıyorlardı. Çolak Hamdi yavaştan alırdı.

"Sen adamlarını yetiştir önce!" dedi Kalem Şakir, "Küçük sınıflardaki yatılılara yanaş. Yüz yüzelli müşteri, o gün tek lahmacun almazsa ertesi gün kantine kokudan kimse giremez!"

"Demek aklın yattı senin de..."

"Örgütleme işi bu! Neden yatmasın!"

"Sus, yırtarım ağzını! Örgüt haaa!"

Ders zili acı acı çalıyordu:

"Sanki bu ziller hocasına göre çalıyor!" dedi Refüze Ekrem, "Maraton Reşit sanıyorum, yazılı yapacak. Sıraların üstünden inmez kopya yaptırmayacağım diye."

"Yaptırmasın o! Herkes bildiğini okur!"

Hafta başıydı. Cumartesi pazar yağmurlu geçmişti. Bu yüzden yorulmadan yatmışlar, erkenden uyanmışlardı. Hava pırıl pırıldı. Bahçenin temiz havasını ciğerlerine çekerek inmişlerdi kahvaltı için yemekhaneye. Masanın üstü tamtakırdı, tabaklarda altı yedi zeytin o kadar... Çaydanlık doluydu ama, şekeri olan içebiliyordu. Olan da içmek istemiyordu. Şu buruşuk zeytinlerle içeceklerdi de ne olacaktı. Doğru markette aldılar soluğu. Lahmacunlar erkenden gelmişti bu sabah. Hiç keçi etine benzemiyordu.

Çolak Hamdi'nin boykotçuları iş başındaydılar erkenden.

"Bu sabah lahmacun yok!"

"Geçen haftadan kalan pastalar da mı yok!"

"Kantin yok! Market yok!.."

"Çolak Hamdi var!"

"Ama açlık da var!"

Önce Karadenizliler, Çukurovalılara inat birer lahmacun

yuvarladılar. Sonra iştah, Doğululara geçti. Orta Anadolular markete yanaşınca Çukurovalılar, inadın açlığa bir yararı dokunmayacağını kestirdiler. Kalan lahmacunları değerini bilmeyen Sivaslılar, Ankaralılara kaptıracak değillerdi ya. Birden saldırdılar tepsilerin üzerine... Tulum Hayri ilk kez karşılaşıyordu böyle saldırıyla... Kalıbının adamı olduğunu dostu Selman Ocaklı'ya tam gösterecek zamandı.

"Akradaşlar!" diye bağırdı, "Bir tek lahmacun kalmadı! Üç saat sonra öğle yemeğinden sonra!.."

"Nasıl olsa kurtlu fasulye var, öyle mi? Ver şu pastalardan! Bayat da olsa ver!"

Bu sıcağa kar mı dayanırdı, pasta da kalmamıştı.

"Ver bi sandöviç!"

"Hiçbir şey kalmadı!"

"Bulurum ben! Çekil önümden!"

Önce bir şangırtı duyuldu. Sonra çiğnenen cam çatırtıları... Cam kırıkları...

"Ne oluyor be! Çıkın dışarı!"

Tulum Hayri'nin küfürlü sesiydi bu. Salonun gerilerinden daha öfkeli bir çıkış duyuldu. Kel Mahmut'un sesiydi! Satana mı sattırana mı, kime kızdığı billi değildi.

"Tamam, çocuklar!" dedi, "Buraya kadar, yiyecek şey kalmamış işte! Birbirinizi mi yiyeceksiniz! Hamdi! Gel buraya! Doğru revire!"

Revirlik iki üç kişi daha gerekirdi.

"Necmi sen de! Karahan, Haldun!"

Çolak Hamdi revir'deki yatağa uzanınca cebinden Japon işi radyosunu çıkardı. Öğle haberlerini veriyordu:

"Başbakan Chirac, herkes katılmadan üniversite reformu yapılmaz, dedi. Öğrenci ayaklanmalarına neden olan yasa tasarısını geri aldı!"

Güdük Necmi:

"Fransız üniveristesi bu" dedi, "Bu sefer herkesin katılacağı sorunu buldu, çıkardı çocuklar. Seninki tutmadı Çolak Kardeş! Bir gün gelir, seninki de tutar."

KARŞILIKLI GÖZETİŞİM

Müdürün yeni icraatı, her sınıf, her şubeyi kendi yatakhanesinde bir araya getirmek... Yemekhanede de öyle... Her şube, her sınıf kendilerine ayrılan masalarda, bir arada olacak! Amaç, denetleme kolaylığı... Eski mesleğinde benimsediği ajanlık yöntemini diriltmek... Müdüre göre son günlerde vicdan özgürlüğünden yararlanan bozguncuların laiklik sloganlarıyla din düşmanlığına kalkışmaları! Bu gibi "müteşebbis"lerin daha işe başlamadan başlarının ezilmesi zorunluluğu... Yataklar belli odalarda öğrencilerin sınıflarına göre, bir araya gelince başıbozuk Hababam Sınıfı da geceli gündüzlü denetlenir hale gelmiş oluyordu. Yalnız Topçuoğlu değil, Hababam Sınıfı'nın beyin takımı bile okuldaki yeni gelişmeleri sıcağı sıcağına izleme kolaylığına kavuşmuş bulunuyordu böylece.

Refüze Ekrem'in ilk yatakhane eylemi, Selman Ocaklı'nın

çok bilinçli bir biçimde sayıklamalarından yararlanması oldu. Hemen her gece sabaha doğru Selman arkadaş saat üçlerde yayına geçiyor, ertesi gün Müdür'le arasında neler geçecekse, ne dolaplar çevireceklerse tüm ayrıntılarıyla dinleyenlere anlatmaya çalışıyordu.

Bir gece yatakhaneye küçük bir teyple gelen Refüze:

"Sağ olsun Japonlar!" dedi, "Sizin uyanmanıza hiç gerek yok. Bu gece nöbetçi benim! Yayın başlar başlamaz açarım teypi..."

"Anladım!" dedi Güdük Necmi, "Provasını yapalım kimse gelmeden!"

Selman'ın yatağına en yakın olan İnek Şaban'dı. Teypi onun kullanması gerekirdi saat üçlerde... Uzaklık ses kaydına elverişli miydi?

Domdom Ali Selman'ın yatağına uzanarak prova için yayına geçmişti. İnek Şaban'ın yatağında Refüze Ekrem teypini açmış bu uydurma sayıklamaları kayda geçiriyordu. Henüz kimse yoktu yabancılardan ortalıkta. Bant geriye alındı, dinlediler. Biraz zayıftı ses. Yatakları biraz daha yaklaştırıp alıcıyı ayarladılar. İnek Şaban'a teypi uzatan Refüze Ekrem:

"Al!" dedi, "Kaymak gibi bant isterim senden. Koy yastığının altına. Neresine dokunacaksın biliyorsun değil mi?"

Belâlısı Güdük Necmi hemen yetişti:

"Ayıp ettin Refüze Abi!" dedi, "İnek dedikse üfleyerek şişirilen ineklerden mi sandın?"

Önce Düdük İsmet girmişti Hababam Sınıfı koğuşuna. Henüz Kalem Şakir, İsmet'in Marketçi Selman'dan yandaş parasız yatılılardan yana mı olduğunu kestiremediği için arkadaşlarını dikkatli olmaları için uyardı.

Selman herkesten sonra girmişti koğuşa. Çevresindekiler

biran önce soyunup yatması için sorularını kısa kesiyorlardı. Tulum Hayri de az sonra gelmiş, hemen Selman'ın ayak ucundaki yatağına pijamasını bile giymeden kıvrılıvermişti. Belliydi, çok yoruluyordu, bizim market adını verdiğimiz kooperatifte, yöneticilik görevinde. Son zamanlarda yeme içme işleri hızlandıkça hızlanmıştı. Kolalar, ayranlar, sütlerin yanında fırından sıcak sıcak gelen çöreklerin, böreklerin, lahmacunların satışı da arttıkça artmıştı. Bu günlerde hamburger denemeleri yapılıyor, paralı yatılılar, müdür izinleri kestiğiden, biriktirdikleri paraları harcayacak yeni kaynaklar buldukları için seviniyorlardı. Ne var ki Süleymancılar bu market için akla gelmedik söylentiler çıkarıyorlardı. Son günlerde market gelirinin artışını sağlayan sıcak soğuk et ürünlerinin, dinin haram kıldığı domuzla ilişkisi olduğunu yayıyorlardı. Tam tersine, domuz eti, bıldırcın etinden bile daha değerliydi bu kentte.

Tüm bu sorunlar içinde bunalan iki kafadar Selman Ocaklı'yla Tulum Hayri herkesten çok dinlenmek zorundayken rahatça uyuyamıyorlardı işte. Dönüp duruyorlardı yataklarında. Derken Hayri'nin yatağından horlama sesleri yükseldi, ama nasıl horlama... Domdom Ali yatakhanenin yeni politik havasına uymayan bir çıkış yapmıştı, hem de yüksek sesle:

"Hangi öküzü boğazlıyorlar!"

"Böyle bir huyu yoktu bu yaratığın!" dedi, Sidikli Turan.

Refüze Ekrem kaçırır mı Siddikli Turan'ın bu karanlıkta göz kırpmasını:

"Evet!" dedi, "Kimi yaratıklar özel huylarını sergilemez oldular son günlerde.."

Oysa Turan, eski işini alışkanlığı doğrultusunda sürdürüyordu ama, yatağı küçük sınıfların yatakhanelerinde kaldığı için kimsenin olandan bitenden haberi olmuyordu.

"Turan'cığım!" dedi Kalem Şakir, "Eğil ıslık çal Hayri'nin kulağına!.. Eski deneyimlerimize göre ıslığın horlayanlar üzerinde çok geçerli etkisi olur! Hadi canım, bir deneyiver!"

Hayri horlamanın temposunu yükselttiği için kimse Sidikli Turan'ın keyfinin gelmesini bekleyemezdi. Tüm yatakhane yüksek perdeden bir ıslık korosu tutturdu.

Palamut Recep yatakhanelere kadar genişleyen sınıf başkanlığı yetkilerine dayanarak, son günlerde edindiği bir ağızla:

"Sayın arkadaşlar!" diye ortadan bir çıkışa geçti, "Kesin şamatayı da uyumaya çalışın! Yarın Maraton Raşit yazılı yapacak... Sonra Sıfırcı da var, sırada!"

"Önce Tulum Hayri kessin horlamayı!" dedi, Adnan Hoca'nın Utku Kutlu'su... Bugünlerde yeni konular çıktığı için, onlarla pek uğraşan kalmamıştı.

"Önce sen sus!" dedi Palamut dikleşerek... Sonra ortaya seslendi:

"Uyuyalım arkadaşlar!"

"Heeey Tulum! Bak Palamut Recep uyuyalım diyor! Muhalifliği bırak!"

Kimdi bu eleştiriyi yapan?

Ankara Liselerinden aile durumundan ötürü transfer yapan yeni parasız yatılı Tanju'ydu... Tanju Tan... Şimdiden Hababam Sınıfı, onun soyadını ikileyerek Tantan'a çevirmişti... Tantan, ünlü bir polis şefiydi.

Tulum Hayri kesmişti horlama yayınını... Tuvalete gidip gelenlerin dışında uyumayan hiç kimse kalmadı denebilirdi. Bu gidip gelenlerin içinde yarının traşını olanlar bile vardı.

Selman'ın yayına geçtiğine bakılırsa sabahın ilk saatleri olmalıydı. Üç... Üçbuçuk... İstasyonun bir sinyali eksikti.

Güdük Necmi uyanmış İnek Şaban'ı dürtüyordu:

"Hişşt! Şaban! Aç teypi! Başladı!"

Refüze ekrem:

"Salak! Sus!" dedi, "Ne teypi be!"

Demek Refüze daha önceden uyanmış, Güdük Necmi'yi uyarıyordu. Şu sınıf yatakhanesinde yetmişikibuçuk millet vardı. Bu kadar salaklık olur muydu? Her halde uyku sersemliği... Ama İnek Şaban ondan uyanıktı. Teypin düğmesine dokunmuştu bile. Selman Ocaklı kısık bir sesle yayına geçmişti:

"Sayın Müdür'üm. Sınıf... Yalnız sınıf değil... Hababam Sınıfı değil, tüm okul karışıyor. Süleymancılar iki kaynaktan yararlanıyor. Güçlendikçe güçlendiler. Humeyniciler ağır basıyorlar bu günlerde... Hem vermek, hem almak istiyorlar... Anlayamıyorum. Çok kaçanlar varmış oralardan... Onları da biz kollamalıymışız... Köylerden gelen kursçuları, pansiyoncuları ne yapacağız!.."

Tulum Hayri de soldan sağa dönerken düğmesi açılmış gibi horlamaya başlamıştı, sığır boğazlanır gibi... Ne yapsındı İnek Şaban... Teyp boşuna dönüyor demekti. Kapatmalıydı bir süre... Parmağının ucuyla dokundu. Tulum bütün gücüyle horluyor. Selman'ın yayınını da bastırıyordu. Bilerek ya da bilmeyerek...

Süleymancılar kalkmışlar, kimi helada sıra bekliyor, kimi musluklarda abdest alıyordu. Herhalde sabah namazına hazırlanıyorlardı.

"Kalem Abi!" dedi, Şaban, "Tulum'un keyfini bekleyemem! Uyuyorum ben!"

"Haydi iyi geceler Şaban'cığım!"

Düdük İsmet'ti bu. Şunu demek istiyordu teypçilere:

"Bana yutturamazsınız! Teypinizin farkındayım! Söz verdim bir kez size!.. İkili oynamıyorum... Sizden yanayım! Haydi iyi geceler, yandaşlarım!"

Ertesi gün kantinde Tulum Hayri kendi demlediği çayı içerken içeri Selman girmişti:

"Günaydın Tulum'cuğum"

"Günaydın! Seni bekliyordum. Önce bir çay da sen iç! Doğrusu Osman Topçuoğlu'nun çayları da içilmez oldu son günlerde. O cimrileştikçe mutfakta çalışanlar da büsbütün işi umursamaz oldular! Ne çayda ne çorbada hayır kaldı!"

"Bizim işler de arttıkça arttı, tam tersine değil mi?"

"Kalkamaz oldum yükün altından, seninkilere söyle!" dedi, Hayri, "Satışa bir adam daha göndersinler! Sadık yetişemiyor artık!"

Selman çayını karıştırırken sordu:

"Peki, beni neden bekliyordun, onu söyle sen!"

Alışveriş edenlerin gitmelerini bekliyordu. uzaklaştıklarını görünce:

"Senin bu sayıklama işi nerden çıktı?" dedi, "Dün gece sayıklamaya başlayınca ben de horlamaya başladım!"

"Anlamadım!" dedi Selman.

"Yani senin sayıklamalarını teybe aldıklarını çakınca, başladım parazit yapmaya!"

"Anladımsa Arap olayım!"

"Bir o kaldı zaten..."

"Ne kaldı, dedin?"

"Arap olman! Bir gece boyarlarsa seni hiç şaşmam artık. Hep bu Kalem Şakir'in başının altından bunlar. Ne hergeledir o bilmezsin! Cin gibidir namussuz!"

"Yani ben sayıklarken teybe alıyorlar, öyle mi?"

"Hem de bizim İnek Şaban alıyor! Kimlere kaldık görüyorsun ya! Ben de açık verdiğini görünce başladım yüksek perdeden horlamaya... En güzeli, bal gibi de yuttu enayiler!"

"Peki... Anladım! Sakın bu gece horlamaya kalkışma da dinle beni! Uyardığın iyi oldu Hayri'ciğim, teşekkürler!"

Ertesi gece Selman, aynı saatlerde yayına geçmişti. Karşı ekip teybiyle bu yayını bekliyordu zaten... Kalem Şakir de ses mühendisi olarak açmıştı kulaklarını! Çok net geliyordu Selman'ın uykulu sesi:

"Bu günlerde çok üzüntülüyüm Seniha'cığım... " diye yayına geçmişti Selman Ocaklı, "Eskisi gibi sık sık görüşemiyoruz. Sakın kuşkulanma benden... O Erkek Sevim dedikleri kız ne cilveler yaparsa yapsın baştan çıkaramaz beni. Bizim Refüze doğrusu çok saf çocuk... Hiçbir şeyin farkında değil... Acıyorum ona da... Çocuk Erkek Sevim'in deli divanesi... Sakın Seniha'cığım böyle şeylere kafanı takma! Sen bi yana, dünya bi yana... Erkek Sevim avucunu yalar... Müdürle olan ilişkilerime gelince... Şunu aklından çıkar, ben onun hafiyesi değilim. Kulağıma çalındığına göre bizim sınıf başkanını kullanıyormuş, Palamut Recep'i... Adamın bütün sınıflarda ajanı var... Herif öyle bir örgüt kurmuş ki. CIA halt etmiş yanında... Bizim Hababam Sınıfı avucunun içinde.. Bir yandan Palamut Recep bir yandan Kalem Şakir.. Bir yandan da Güdük Necmi... "

"Bak namussuza!.. Saçmalıyor! Kapat ulan İnek şu teybi!"

"Sakın haaa!" diye doğruldu, Kalem Şakir, "Ne saçması varsa döksün ortaya!"

Hiçbir şeyin ayrımında olmayan Domdom Ali, "Bu gece

temiz yayın çıkarıyor Selman Ocaklı radyosu!" dedi, "Üstelik parazit de yok! Aman kaçırma Şaban'cığım!"

"Susun da dinleyelim!" dedi, Çolak Hamdi, "Ne herzeler karıştırmış dostlarımız anlayalım! Dostlar da ne dostmuşlar ya! Aşkolsun!"

Selman Ocaklı birden kesivermişti yayını. Uyandığını belirtmek için de yüksek sesle esnedi. Sonra atladı yatağından, havlusunu attı omuzuna... Terliklerini sürüye sürüye giderken Güdük Necmi sordu:

"Nereye?" dedi "Müdüre mi gidiyorsun!"

"Duşa gidiyorum!.." dedi Selman, uykulu uykulu, "Şeytan aldattı da!"

"Yalan!" dedi, "Sen şeytanları aldatmaya kalktın ama yutmadılar! Haydi çişini yap da uyu, adam gibi! İyi geceler!"

DEVLET BABA, İNCİ BABA DEĞİL!

En geç verilen kitaplar arasındaydı "Din kültürü" ve "Ahlak Bilgisi" kitabı... İki ayrı dersmiş gibi adlandırılmıştı bu kitap... Acaba iki ayrı öğretmen mi gelecek derken, bir iki aylık gecikmeyle Atıf Karabaş çıkıp gelmişti sınıfa. Çocuklar ona Efendi mi, diyelim Bey mi diye düşünürlerken biraz onun yardımıyla Hafız Atıf Hoca demeyi uygun buldular. Hemen bir hafta sonra da Hafız'ı kaldırılıverdi adının başından. Bu düzeltme biraz da Güdük Necmi'nin kışkırtmasıyla oldu:

"Hafızası biraz zayıfcana!" dedi, "Hafız olamaz!"

"Nerden bildin?" diye sorunca da:

"Nerden bilmesi var mi..." dedi, Süleyman Çelebi'nin mevlidini bile ezberleyememiş! Önce okunanın adı mevlüt değil, mevlit... Sonra baştan iki dizeyi yanlış okuyor. 'Âmine Hatun Muhammet Anesi' dedi. Ne demek anesi... Ya annesi desin, ya da anası..."

"Canım bu hafızlık sorunu değil, okumasını bilmemek... Acemilik!"

"Açıkcası hafızlığı ona yakıştıramadım. Türk ağzıyla Arap helvası yiyor. Üstelik mevlidi yazan da Arap değil. Bursalı bir Türk... Hâlâ da orda yatıyor."

Güdük haklı da olsa, haksız da olsa adının başındaki Hafız uçup gitmişti. Salt Atıf Hoca nesine yetmezdi onun?

Hababam Sınıfı, bir biçimine getirip Bakanlıktan yeni uzaklaştırılan bir Eğitim Bakanının insan nerden geldi, maymundan mı, geldi, yoksa aslan maslan gibi başka bir yaratıktan mı, tezini sıcağı sıcağına ona soruvermişti, Güdük Necmi. Atıf Hoca, nazlanmadan cevabını hemen Darwin'e getirip bağlayıverdi. Belliydi uzun süredir hazırlandığı. Güdük Necmi isterse hafızası, yani belleği çok zayıf deyip dursun. Ahlak kitabından su gibi ezberlemişti bu konuyu Karabaş Hoca. Başlamasıyla bitirmesi bir olmuştu:

"Bir çok ilkel kabilenin dinleri ile ilgili olarak son ikiyüz yıldan beri çeşitli araştırmalar ve yorumlar yapılmıştır. Ondokuzuncu yüzyıldan bu yana özellikle Darwin'in evrim teorisinden etkilenip dinin kaynağı konusunda görüşler ileri sürülmüştür."

"N'aber ulan Güdük!" dedi, "Ne kusuru var belleğinin. Sen söyle İnek Kardeş, atladı mı?

"Yok!" dedi, "Aynen! Brova doğrusu. Oysa ezberlemesi için bir zorlayan da yok bu adamı, keyif için ezberlemiş!"

"Doğru!" dedi. Güdük Necmi, "Şaban inek olduğu için ezberlemek, ineklemek zorunda... Bu koskoca adama da ne oluyor, hiçbir zorunluluğu yok, ineklemesi için!"

"Pes doğrusu!" dedi, "Bizim İnek'ten hiç aşağı kalır yeri yok. Sezar'ın hakkı Sezar'a!"

Ezber başarılıydı ama, insanın nerden geldiği, nasıl geldiği pek anlaşılmamıştı. Bu tür konulara pek önem vermediği halde Haldun, sırasından doğrulur gibi yaptı, yarı saygılı, yarı alaycı bir hava içinde:

"Yani Hocam!..." dedi, "Anlayamadık, insanın nerden geldiğini. Darwin'in evrim teorisiyle mi gelmiş. Nasıl var olmuş insan?"

Refüze Ekrem, lafını çomaklamak için:

"Annenle baban evde boş mu oturuyor? Yoksa kardeşlerini, leyleklerin getirdiğine mi inanıyorsun?"

Bu tür konuşmalar Atıf Hoca'nın hiç hoşuna gitmiyordu. Hababam Sınıfı'nın acemisi olduğu için nasıl davranacağını kestirememişti. Ne var ki tekin bir sınıf olmadığını biliyordu. Belki de Darwin'e saygısından... Daha çok dinine... Fakülteyi boşuna mı bitirmişti.

Haldun Tektaş, yanıtı Refüze'den değil Atıf Hoca'dan istiyordu. Atıf Hoca:

"İnsanın maymundan geldiğini söylememi istemiyorsun herhalde..."

"Tersini de söyleyebilirsiniz, Hocam!"

Dışardan ayak sesleri geliyordu. Kapı birden aralandı. Topçuoğlu'nun önünden çantalı şık bir bay girdi içeri. Bu giren müfettişten başkası olamazdı. Okulda hiç kimseyi iplemeyen Topçuoğlu'nun saygılı duruşundan da belliydi bu. İster istemez kalkılacaktı ayağa. Her girdiği sınıfta öğrencilerin ayağa kalktıklarını bildiği halde teker teker dikilenleri gözden geçiriyordu: İlk kez böyle bir olayla karşılaşıyormuş gibi...

Sınıfın en sonundaki Selman'ın yanında pısmış duran Düdük İsmet'i uzun uzun süzdükten sonra:

"Buyrun oturun çocuklar!" dedi.

Sıra şimdi öğretmende olacaktı:

"Ders yapıyordunuz değil mi?"

Refüze Ekrem yavaştan:

"Ne yapabiliriz başka?" dedi.

Müdür, ya duymamıştı Ekrem'i, ya da hesabını sormayı ertelemişti. Bakmıyordu bile, ondan yana.

"Darwin..." dedi, Atıf Hoca, "Evrim teorisi üzerinde duruyorduk?"

Gülüyordu Müfettiş:

"Çok tehlikeli bir konu!" dedi, "Gazetelere bakmıyorsunuz galiba, bugünlerde?"

"Vaktimiz olmuyor ki dersten, Müfettiş Bey!"

"Bakmadığınız gene de çok iyi... Devam etmek ister misiniz konunuza?"

Devam etmezsen çok iyi edersin demek istiyordu, her halde... Atıf Hoca bu uyarıyı umursamamıştı. Haldun'a dönerek:

"Seninle konuşuyorduk değil mi?" diye sordu.

"Sana şunu söyleyebilirim! Darwin'in evrim teorisi önceleri pek ilgi çektiyse de zamanla çok eleştirilere uğradı."

Müfettiş sınıfa girmeden önce Selman'ın tayfası konuya hiç ilgi göstermezken, birden canlanmışlardı, yerlerinden ustaca kalkıp ikişer üçer sıra öne kaymışlardı. Selman Ocaklı'nın çevresindekilerin hemen tümü, yeni gelen Süleymancılar, Adnancılar, takunyalılardan oluşuyordu. Yani Darwin'in maymununa karşı olanlar... Tulum Hayri bile suçlu suçlu aralarındaydı. Düdük İsmet, Adnancılardan sonra sınır çizgisi üzerinde, kimden yana olduğunu belli etmemeye çalışarak gözleri Atıf Hoca'da dersi izliyordu.

Kalem Şakir işin önemini hemen kavramıştı. Hoca'nın karşısına kendisi geçmek istiyordu:

"Evrimciler geçiş türlerinde eski organların düşüp kaybolması üzerinde dururken yeni organların nasıl ortaya çıktığını açıklayamadılar!"

"Durun efendim, bir dakika!" dedi Kalem Şakir, "Böylece de insanla maymun arasındaki ara halkalar bulunmadığı için teori de iflas etti, demek istiyorsunuz, öyle değil mi?"

Bir süre durdu, göz ucuyla da Müfettişe baktı. İlgiyle izliyordu. Daha kimden yana olduğu belli değildi. Müdür Topçuoğlu, evrimcilerin yani Darwin'cilerin karşısında, açıkcası Eğitim Bakanı'ndan yana olduğu için Kalem Şakir'i hemen sınıfın ortasında pataklamak istiyordu.

Kalem Şakir'in sözü, gediğine koyma zamanı gelmişti:

"Bu düşen organlara, yani ara halkalara yaratığın yeni yaşamında iş düşmezse bu çalışmayan organ gelişmeyecek, körelecek, eskilerin deyimiyle körbağırsak gibi dumura uğrayacaktır!"

Kalem Şakir sözü gediğine oturtmuştu ama, Atıf Hoca'nın cevabı ezberindeydi. Ona düşen hafızlıktı sadece:

"Böyle olmadığı kazılarda rastlanan fosillerden anlaşılmış!" dedi, soğukkanlılıkla.

Hamamın namusu kurtulmuş oluyordu. Ama Kalem Şakir, işin peşini bırakacaklardan değildi. Eğitim Bakanını ve onu tutanları silkelemek istediğini bize göstermeliydi. Bakanlığın adına "Gençlik" de vardı çünkü. Yanıtı hazır olduğu için bir soruyla dürtüklemesi gerekiyordu.

"Nasıl?"

"Fosillerden anlaşılan şu: Bir yaratık gidiyor belli çağlarda... Hemen yerine yeni bir yaratık çıkıyor Darwin'in evrimini beklemeden!"

Milli Eğitimin idareci kadrosu sevincini gizleyememişti.

"Çok güzel, Atıf Bey!"

Müfettiş, yeni müfettişlerden değil miydi, pek sevinmiş görünmüyordu. Kalem Şakir bu yanıta hazır değil miydi acaba! Atıf Hoca'yı yanıtlayacak yerde Topçuoğlu'na dönerek:

"Sayın Müdür'üm!" dedi, "Hoca'mızın bu tezi ayrıca şunu ispatlamaz mı: Evrimler kadar, belki de evrimlerden çok devrimler önemli... Bir tür olduğu gibi yok oluyor, yerine yine o çağda yep yeni bir tür çıkıyor demek istiyor Hocamız da. İsterseniz mamutlardan, dinazorlardan örnek vereyim!"

"Hani güçlüler kalır, zayıflar gider demişti, Darwin... Mamutlar, dinazorlar ne oldu?"

Selman Ocaklı'nın çevresindekiler kalkmışlar, hocalarını ayakta alkışlıyorlardı:

"Yaşa Hoca'm!"

Kalem Şakir, kendi çevresindekilere dönerek:

"Görüyorsunuz ya arkadaşlar!" dedi, "Hoca'mızın dediği gibi, mamutlar, dinazorlar gibi güçlüler bile doğa koşulları alt üst olunca yaşayamıyor. Kökleri kazınıp gidiyor! Bu evrim değil, devrimdir işte!"

"Sus!" diye elini kaldırdı, Topçuoğlu, "Yasak!.. Devrim yasak!"

İnek Şaban gözlüğünü düzelterek:

"İnkılap denecek Hoca'm!" dedi.

"Sayın Müfettiş Bey! Zil nerdeyse çalacak, buyurun çıkalım biz!"

Atıf Hoca'yı sınıfta unutup gitmişlerdi. Selman Ocaklı'nın çevresindekiler Darwin'cilere bağırıp çağırıyorlardı:

"Maymunlar! Maymun oğlu maymunlar!"

"Eeey Adem Baba'nın torunları!..." diye bağırıyorlardı. Kalem Şakir'in çevresindekiler, "Adem Baba'nın torunu olmakla yetinemezsiniz! Adem Baba bile sizi aşmış olur. Bilime saygılı olmak zorundasınız! Sadece inanmak yetmez, uygar insana!"

"Siz maymunun oğlu değil, piçlersiniz! Soysuzlar! İnsan olun da dininizle, imanınızla övünün!"

Bütün sınıf ayaktaydı. Atıf Hoca, ipin ucunu kaçırdığını anlayınca çekip gitmişti. Açık duran kapının kanadına Kel Mahmut vuruyordu öfkeyle:

"Heeey! Nedir bu kepazelik! Geçin yerlerinize!"

Söz, Palamut Recep'indi sınıfın başı olarak:

"Efendim!" dedi, "Darwin'den konuşuyordu arkadaşlar!"

"Şu kapıdan benim yerime Darwin girse canını zor kurtarır elinizden! Nedir bu öfke be!"

İnek Şaban, Kel Mahmut'la konuşmaktan hoşlanırdı.

"Hayır Hocam!" dedi, "Bilim adamlarına saygılıyız biz!"

Birden yumuşayıvermişti:

"Öyle olmalı işte!" dedi, Kel Mahmut, "Bilim adamlarının ortaya attığı fikirler üzerinde tartışmasını bilmezseniz, kapatmamız gerekir, bütün okulları!"

Atıf Hoca'nın yerine geçip oturmuştu, bir idareci olarak:

"Neden kaçırdınız hocanızı? O da mı kızıyordu Darwin'e yoksa?"

"Anlayamadık henüz!" dedi, Kalem Şakir, "Maymunları sevimli bulmuyor! Adem Baba'ya çok saygılı görünüyor!"

"Bakın çocuklar, her şeyin tartışması olur da saygının tartışması olmaz! İster Adem Baba olsun ister kendi öz babamız... Tüm babalara saygılı olanların saygısı tartışılmaz..."

Güdük Necmi, ön sırada oturuyordu, açıktan açığa da gülüyordu üstelik.

"Ne var bu sözümde gülecek?" diye çıkıştı ona.

"Yeni babalar görüyoruz da gazetelerde Hocam!"

"Hangi babalarmış onlar?"

"En başta İnci Baba!" dedi Güdük.

"Mafya babası o!" dedi Çolak Hamdi, "Bu baba başka baba. Ona kaçakçılık masası karışır!"

Kalem Şakir, bu konuşmaya balıklama dalabilirdi, ama öyle yapmadı. Ceketinin kopuk iki düğmesinden sağlamını, özenerek ilikledi. Sonra saygıyla parmağını kaldırdı:

"Efendim!" dedi, "Bir dakika!"

"Ne söyleyeceksin?"

"Bir baba daha var. Devlet baba!"

"Var!" dedi, "Ne olmuş?"

"Bugün radyoda Sayın Başbakanımız, Devlet, milletin hizmetkarıdır dedi."

"Diyebilir!"

"Biz millet olarak onun hizmetinde değil miyiz?"

"Evet, onun hizmetinde olmamız gerekir. O devlet yıkılıp giderse, biz ayakta kalamayız!"

"Sanmıyorum Hocam, Sayın Başbakan, Devlet değil, hükümet demek istemiştir. Milletin hizmetinde olması gereken hükümettir bana kalırsa..."

"Başbakan görevini Devlete yüklemek istiyor, demek istiyorsun, öyle mi?"

"Ben bir şey demek istemiyorum! Sayın Başbakan, bu kadarla da yetinmiyor..."

"Daha ne diyor?"

"Hocam, 'Ben Devleti baba olarak görmüyorum' diyor!"

"Karıştırmış Sayın Başbakanımız, Devlet Babayı, İnci Ba-ba'yla karıştırmış!"

Zil tam zamanında çalmıştı. Kel Mahmut, kaçar gibi çıkmıştı sınıftan...

SARIKTAN, TÜRBANA...

Kalem Şakir, Düdük İsmet'i helâ aralığından çıkarken yakaladı. Geriden gelen Palamut Recep'e güvenerek:

"Dur!" dedi, "Yavaş ol biraz!"

Şaşırmıştı Düdük:

"Ne var, ne oluyor?" dedi.

"Ben de sana bunu soracaktım. Tulum Hayri'yi yeniden iktidara getirmek için darbe mi tertipliyorsunuz?"

"Nerden çıkardın bunu?"

"Bakıyorum sınıfta libero oynamaya başladın son günlerde! Ne takımda yerin belli, ne de oynadığın oyunun yönü yöntemi... Bizden yana mısın, domuzdan yana mı, belli değil! Ne demiş, o büyük şair, 'Sen Süleymaniyelisin oğlum Ahmet!' demiş. Sen parasız yatılısın oğlum, İsmet! Holdingci misin sen! Bu yaştan sonra ancak onların köpeği olabilirsin!.. Bu okul bitene kadar da parasız yatılı olarak kalacaksın! Lise bitsin, ister mühendis mektebine gir, ister Mülkiyeye! Sonra kime hizmet edeceksen et! İstersen özel sektörün de isteğiyle Arabistan'la iş tut!"

Palamut Recep yetişmişti geriden:

"Arkadaşım" dedi. "Sen Selman'la dost olarak kaldıkça başın beladan kurtulmaz senin. Bunu da aklından çıkarma!" diye ekledi.

"Ben dost değilim ki onunla!" diyecek oldu.

"Daha nasıl dost olacaksın ki, gece gündüz hep bir aradasın!"

"Cumartesi, pazar, Yıldırım Sokağında ne işin var senin, onu söyle, Selman'ların evinde?"

Palamut Recep, kuşkuyla sordu:

"Sen de mi gördün bu sokakta onu?"

Görmemişti ama:

"Hem de kaç kez!" dedi, bindirmek için.

Düdük İsmet:

"Hiç gitmedim ben!" dedi "Gitmedim, gitmemde!.."

Demek bu sokakta Selman'ların evinde birşeyler dönüyordu. Peşini bırakmamalıydı:

"Neden gitmeyecek mişsin, arkadaşının evi değil mi, gideceksin!"

"Yok, ben gitmiyorum."

"Peki aslanım!" dedi, "Gitmek istemiyorsan gitmezsin!"

Etüd zili çalıyordu. Palamut Recep yürüdü gitti, sınıfa.

Kalem Şakir, zaten onun gitmesini bekliyordu. İsmet'le başbaşa kalabilmek için.

"Bu işin suyu çıktı. Sınıfta değil, okulda duymayan kalmadı. Onlar paralı yatılı... Bu okul olmamış da Hayriye Lisesi olmuş! 'Çare-i halâs... Hayriye Palas!' deyip tezkerelerini alır çıkarlar. Ey gariban Düdük, sen kendi derdine yan! Gizli örgüt derken önce Mamak... Sonra kumda oynamak... Sen şimdi bana eski arkadaş olarak bir Süleymancı yemini edip Kur'an çarpsın ki bi daha gidersem diyeceksin! Atlatmaya kalkacaksın beni amma, bununla iş bitmeyecek! Temizleyemezsin bokunu! Bulaşmışsın gırtlağına kadar. Gideceksin Selman'lara arkadaşım, inadına gideceksin! Seni ancak sınıfın seçimle gelen Başkanı kurtarabilir. Yani Palamut Recep... İyi dinle beni! Selman Ocaklı bizimle anlaştığını, çakmayacak! Bundan sonra da benden alacaksın emri, ya da Palamut'tan! Bu sınıfı gene biz kurtaracağız, biz eski parasız yatılılar.. Açıkçası bizim hesabımıza çalışacaksın, yani kendi hesabına! Holdingciler, süpermarketçiler, özel sermaye hesabına değil! İyi düşün! Söz verirsen geçmişini unuturuz! Bağrımıza basarız seni!"

"Söz!" dedi, Düdük.

"Ne sözü?"

"Erkek sözü!"

Hababam Sınıfı'nın eski adamı olduğunu anımsatmak için, sordu Kalem sağ elinin işaret parmağını 90 derece bükerek:

"Dönenin hını, mını hınt olsun mu? Nah böyle!"

İsmet de sağ elinin işaret parmağını büküyordu:

"Olsun, arkadaşım! Nah böyle!"

İkisi de gülüyorlardı. Kalem Şakir:

"Sen hemen gir sınıfa!" dedi, "Ben geliyorum. Yarın Susak Cafer'in sözlüsü var, aç Tanzimatı... Aman uyanmasın Selman hergelesi... Müdürle bir daleveresi var bugünlerde... Bu konu üzerinde dur... Daha doğrusu bir işi... Bir dalgası... Uyanık olursan, kaçmaz! Hadi, doğru sınıfa!"

Yalnız kalınca işi abarttığını düşündü bir süre Kalem Şakir.

"Hayır!" dedi, "Müdür'ün bir dalgası var, okula sonradan gelenlerle..."

Başka liselerdeki arkadaşlarından öğrenmişti. Müdürler, yıldızının barışmadığı öğretmenlerin, ne yapıp yapıp ayaklarını kaydırırlarmış okuldan.

"Topçuoğlu bu okulda avuçlarını yalayacaktır!" diye düşündü.

Kel Mahmut'a kancayı attığını duymayan kalmamıştı. Kaydırmak istiyordu, başka liseye.

"Susak Cafer'in bile kılına dokunamayacaktır! Biz varken!"

Kuşkusunu anlattı Palamut Recep'e sınıfta.

"Son olaylarda Kel Mahmuta hep Müdür'ün karşısında! Sanırım işe ondan başlayacak. Sonra Cafer Hoca!"

"Ama avuçlarını yalayacaktır Topçuoğlu!" dedi, Palamut Recep. "Biz sağ kaldıkça kılına bile dokunamayacak onların!"

Yatakhaneye geçerlerken Düdük İsmet muslukların orda sokulmuştu Kalem Şakir'e:

"Selman, Yıldırım Sokağındaki evinde seks videosu gösterecek!" dedi, "Beşeryüz liradan on müşterisi hazır Cumartesiye!"

"Güzeeel!" dedi Kalem Şakir.

Düdük İsmet ilk raporunu vermiş oluyordu böylece. Yetişti peşinden, Kalem:

"Çoook teşekkür ederim İsmet'çiğim..." dedi, "Böyle olacak işte!"

"Bir de velilerin imza işi var ama, yarın öğrenirim!"

"Sağ ol! Haydi iyi geceler!"

Üç gün sonra Selman'ı Gececi Murat alıp götürmüştü Müdürün odasına. Düdük İsmet'e iş çıktı demekti. İşler tıkır tıkır yolunda gidiyordu. Kalem Şakir'le Palamut Recep şu sonuca varmışlardı, bir hafta sonra Topçuoğlu, Edebiyat öğretmeni Susak Cafer'le, Tarihçi Müdür Yardımcısı Kel Mahmut'u, beş velinin isteğine dayanarak okuldan kaydırmak istiyordu. Her ikisi de geleneklerine bağlı, böyle bir okulda kalamazlardı!

Bakanlık en kısa zamanda bir Müfettiş göndermişti. Ne var ki, Bakanlığın gönderdiği Müfettiş, eski Hababam Sınıfı'ndandı. Hocası Mahmut Alnıgeniş'in elini öpmeden işe başlayamazdı, 282 İhsan Çölgeçen, saygıyla karşısında dikilirken:

"Biliyorum tanıyamadınız beni!" dedi, "Son günlerde saçlarım döküldü de... Biz de artık hocamızın yolunu tuttuk... Adım İhsan'dı, hatırlayacaksınız, soyadım Çölgeçen... Siz kısaca bana Deve, deyip geçerdiniz!"

Çantasını açmış niçin geldiğini anlatıyordu.

"Müdürün, Cafer Bey'i gözü tutmamış da, naklini istiyor... Ayrıca sizin de..." dedi, biraz utanarak, "Öğrencilerle yüz göz olduğunuzu söylüyor. Dini akidelere saygısızlık da en başta."

"Yaaa!" diye üzüntüsünü açığa vurmuştu Mahmut Alnıgeniş.

Teftiş gerekçesini çantasından çakarıp uzatmıştı hocasına. Yılların Kel Mahmut'u dinine saygısızlıkla suçlanıyordu. Müdür Yardımcılığı görevini kötüye kullanarak öğrencilerin dinsel akidelerini sarstığı öne sürülüyordu.

Mahmut Alnıgeniş, buruk gülümsemesini sürdürerek:

"Haksız da olmayabilir Sayın müdürüm!" dedi, "Okulun önemli sorunları arasında abdesti de, namazı da unutabilirim! Ne var ki çocukların akidelerini bozmaya ne zamanım elverişli, ne de kültürüm. Gene de bu konuyu Müdür Beyle konuşsan iyi edersin!"

"Makamında bulamadım kendilerini..." dedi, "Sizinle şöyle bir dolaşabiliriz okulu, onun muavini olarak!.."

Koridora çıktılar. Topçuoğlu'nun "içtima" alanı olan koridorun sonunda perdeleri kapalı sahneyi gören Müfettiş, perdeyi çekip içini görmek istedi. Adnan Hoca'nın çömezleri sahneyi küçük bir mesçit haline getirmişler, duvarlarına da tabelalar asmışlardı. Hem de eski harflerle... Bunlardan biri, kürekleri "vav" harfinden düzenlenmiş Nuh'un gemisiydi. Karşısında da yeni haflerle: "Allah'ın dediği olur" tabelası asılıydı.

"Bu sahnede biz çok eskiden Türk Çocukları Türk çocukları diye bir piyes oynamıştık..." dedi, İhsan Çölgeçen, "Ben sarı saçlılar arasında bir çatık kaşlı kara yağız Türk çocuğuydum bu piyeste. Saçlarım simsiyah olduğu için bu rolü vermiş olacaklardı. Alman çocukları üzerime atılıyorlar, Şayze, Auslander, diyorlardı. Yıllar geçti Hocam, bu Almanca sözlerin ne demek olduğunu hâlâ bilmem! Ama seyirciler çok alkışlamışlardı!"

"Böyle oyunları her zaman alkışlayacak seyirciler olacak, İhsan Bey oğlum!" dedi, Mahmut Alnıgeniş.

"Evet Hocam! Buyurun, odanıza geçelim. Bu modern mesçit yeni müdürün isteğiyle açılmış olmalı! Okulda bizim gibi tiyatro seven gençler kalmazsa, sahne boş mu kalacak..."

"Yeni yeni oyunlar sergilenecek ister istemez... Bir farkla... Oyunlar sahnenin perdeleri sonuna kadar açılarak sergilenir değil mi?.. Bu sahnede tam tersine, kapalı gişe değil de, kapalı perde oynanır tüm oyunlar..."

Birden durdu Müfettiş Çölgeçen, yanından geçen hademeyi de durdurdu:

"Bana dersten sonra Edebiyat Öğretmeni Cafer Bey'i gönderiver!" dedi. "Mahmut Bey'in odasındayım!"

"Baş üstüne Müfettiş Bey!"

Derse girmek üzere gelen Edebiyatçı Cafer Hoca hemen inmişti Mahmut Bey'in odasına. Eski öğrencisini görmekten çok mutlu olmuştu.

"Hoca'm!" dedi, "Yakından tanıdığım iki öğretmenim için güya veliler, Bakanlığa ihbarda bulunmuşlar. Mahmut Bey, öğrencilere ibadet için kolaylıklar sağlamıyormuş, dinine, diyanetine bağlı yatılı öğrencilere!"

"Ya ben ne yapıyormuşum?" diye sordu, Cafer Hoca, "Derslerde Kemal Paşa'nın Gençliğe Hitabesini mi okutuyormuşum, bugünlerde?"

"Efendim, söz de sanat faaliyetlerine gereken önemi vermiyormuşsunuz. Oysa ben sizin öğrencinizken ilk kez çıkmıştım sahneye, sizin zorlamanızla!"

"Anlaşıldı, İhsan Bey oğlum!" dedi Cafer Hoca.

"Ben raporuma şöyle yazacağım, Bakanlığa vereceğim teftiş raporuma... Edebiyat öğrenmeni Cafer Uskan, öğrencilerine tiyatroyu sevdirmek için oyunlar sergilemekte, Müdür Başyardımcısı Mahmut Alnıgeniş de tiyatro faaliyetlerini durdurup sahneyi ibadete tahsis etmektedir."

Her iki öğretmen de içtenlikle gülüyorlardı.

"Siz, derste hayat bir tiyatrodur dememiş miydiniz, Sayın Hocam, neden olmasın!"

"Öyleyse oyunu da ben yazayım! Sahneyi ders yılı başından beri mesçit yapan Adnan Hocacı'larda oynasınlar. Süleymancıların tek bir korosu eşliğinde..."

"Piyesin adı ne olacak?" diye sordu İhsan Çölgeçen.

Cafer Hoca gülerek:

"Sarıktan, Türbana!" dedi.

Tarih Öğretmeni Mahmut Alnıgeniş:

"Muasır Kurunu Vusta!"

"Anlayamadım!" dedi, genç müfettiş.

"Çağdaş orta çağ!"

"Şimdi anladım Hocam!" dedi genç Müfettiş, "Başka nasıl çıkabiliriz çağdaş uygarlık düzeyine. Sahnelerimizi mescide, okullarımızı camiye çevirerek..."

YENİ ÇAĞIN KASET MÜZİĞİ...

Taskebabı Günü en azından 20 milletvekili, 26 genel müdür, 3 Devlet Bakanı, okullarının bu yıl mutlaka şampiyon olmasını istiyorlardı. Bu şampiyonluk takımdaki oyuncuların kondisyonuna, yeteneğine, becerisine, direncine bağlı olsa da bu genel isteğin gerçekleşmesi için daha birçok etkenlerin yürürlüğe girip başarıyla uygulanması gerekirdi.

Takımın şampiyonluğu için ilkin sahada oyunu yönetecek becerikli bir hakem gerekmez miydi? Şampiyonluk en sonunda onun düdüğüyle ilan edilecek değil miydi? Takım sıkışınca, en azından iki penaltı, üç frikik yaratabilecek uzak görüşlü bir hakem bulmalıydı. Zor muydu böyle bir hakemi bulup çıkarmak? Bugün memleketi yöneten bu seçkin kadro, bir hakemcik de mi bulamazdı!

Gençlik ve Spor Bakanı, her ne kadar bu okuldan disiplin

kurulunca uzaklaştırılmış olsa da, sporsever herhangi bir Başbakan ailece sporseverliğini gösteremez miydi? Hanımefendinin, işe yarar dürüst bir hakemin bu liselerarası çok önemli maçta yerini alması için yetkililere küçük bir ricasını kim kırabilirdi?

Tüm bu olasılıkları gerçekleştirip yeni yılda bu tarihi liseye, daha doğrusu, bu liseden mezun olmuş, birbirinden değerli mezunlara bir şampiyonluk armağan etme görevi kime düşerdi? Müdürlük koltuğunda son iki yıldır oturan, otururken de koltukta bir santimetre bile boş yer bırakmamak koşuluyla dolduran Osman Topçuoğlu'na düşmez miydi bu görev?

Bu işin önemini algıladığı an, yardımcısı Mahmut Alnıgeniş de birden gözünün önüne gelivermişti.

"Hayır" dedi öfkeyle, "Bu adamla böyle önemli bir iş için nasıl işbirliği yaparım!"

Son günlerde büsbütün ne idüğü belirsizleşen bir yardımcıyla nasıl yola girerdi, Osman Topçuoğlu, ele güne karşı?

"Geeeç!" dedi.

Kime güvenmeli, kiminle yola girmeliydi? Kiminle olacak, en eski arkadaşı, çocukların Sıfırcı Sabri diye adlandırdıkları Sabri Sarıkaya ne güne duruyordu? Okul arkadaşı gelmiş geçmiş tüm matematikçilerin en yumuşağı, kuzu gibisi Sabri Sarıkaya, bu iş için biçilmiş kaftandı. Sıfırcılığı, sertliğinden değil, dengeli oluşundandı. Doldurduğu toto kolonlarında bile "1"den, "2"den çok sıfır kullanmasındandı! Bu alışkanlık bile onun dengeli oluşundan ileri gelmiyor muydu? Bir gün kesin favorileri olan bir maçın toto kağıdını dipten doruğa sıfırla doldurmuş, en akıl dışı bir rastlantıyla olsa da yüzde yüz tutturmuştu. Böylece de sıfırcılığı tüm liselere yayılmış oluyordu. Öğrenciler, adının başındaki sıfırı duyduklarında tiril tiril titrerken, öğretmen arkadaşları da gülüp geçerlerdi onun sıfırcılığına!

Sıfırcı Sabri, müdür odasına girdiğinde, Müdür, şehirlerarası bir zil çağrısına uyarak telefona yapışmış bulunuyordu:

"Alooo! Ben Müdür Topçuoğlu!.."

Ankara'dan aranılıyordu. Orta Öğretimden:

"Saygılar Genel Müdürüm, emirleriniz?"

"Lisemizden mezun olanlar... Yani Ankara'da, üst kademedekiler... Şampiyonluk isteklerimiz, liselerarası müzik birinciliğinde ifadelenmiş bulunuyor... Lisemizden yeni kabiliyetler bulup çıkaracak şekilde mesainiz beklenmektedir. Ne pahasına olursa olsun Ankara'ya böyle bir birinciliği şu nazik zamanda... Biliyorsunuz önemli bir zaman dilimindeyiz... Bu zaman dilimine yağ sürmek de bal sürmek de elinizde... Mesleğine bağlı eğitimcilerin ananevi vazifesidir bu daha çok..."

"Anlıyorum Muhterem Genel Müdürüm!"

Telefonu kapatan Topçuoğlu, bir süre karşısında dikilen Sabri Sarıkaya'nın yüzüne dalıp kaldı. Neden gelmiş bu adam, diye düşündü. Sonra karşı sandalyelerden birini gösterdi.

"Buyurun, sizi dinliyorum!" dedi.

"Beni mi?" diye sordu Sıfırcı Sabri, "Beni, öyle mi? Ben ki sizin emriniz üzerine gelmiştim!"

"Haklısınız!" dedi, "Çok haklısınız. Çağırdığım zaman durum başkaydı. Sizin ihtimali hesap teorilerinizden yararlanıp bir şampiyonluk kazanabilir miyiz diye istişarede bulunacaktım. Mevzu biraz önce tümüyle değişti. Futboldan müziğe döndü. Müziğin de gençlik şarkılarına, türkülerine, ne bileyim, hafif müziğe, arabeskine kaydı. Tarihi Türk Müziği dışında, biraz da folklor, türkü, koşma..."

"Anladım!" dedi, Sıfırcı Sabri, "Yarış yarıştır... Tüm yarışlar kazanmak, kaybetmemek 'tema'sı üzerinde değerlendirilir. Hiçbir yarışçı kaybetmek, hatta berabere kalmak olasılığını düşünmez."

Elini kaldırdı Topçuoğlu:

"Uzatma!" demek istiyordu. "Ben müzikte, liselerarası müzik yarışmasında bir birincilik istiyorum. Bir matematikçi olarak tüm ihtimalleri yürürlüğe geçir, lisemizi tutan Ankaralı büyüklerimize bir birincilik kazandırmanın yolarını açmaya çalış!"

"Anladım, Sayın Müdürüm... Yarın bu saatlerde!"

Sıfırcı Sabri'nin yerini, müzik öğretmeni Mehmet Yanıkses almıştı. Tam bir gün sonra.

Topçuoğlu ders zilinin çaldığını duyunca:

"Bir birincilik!" dedi, "Liselerarası müzik yarışmasında... Ankara'dan istiyorlar..."

"Çalışırız!" dedi, "Ankara'yı bu konuda memnun etmek zor olmasa gerek... Arabeske çalışmamız gerekecek... Biliyorsunuz, on yedi yaşındaki arabesk yıldızı bizden kovulma... Adı, Seyfullah, hatırlarsınız... Sigarasına parça karıştırdığından... Disiplin kurulunca uzaklaştırmıştık..."

"Geçici olarak mı?"

"Yılbaşında kaydını silmiştik... O da kasetçilere gitmiş, bir arabesk söylemiş... Belki siz de dinlemiş olacaksınız... Tüm minibüslerde, okullarda... Sokaklarda..."

"Sesi nasıl?" diye soracak oldu.

"Bu şarkılar sesle değil." dedi, "Ağızla söylenir. Arap ağzıyla... Yanıp yakınacaksın, kaderinden, talihinden... Ben doğarken ölmüşüm diyeceksin... Acındıracaksın kendine... Seni dinleyen başlayacak ağlamaya... Bir şişe... Bir şişe daha... Bişşe daaa!.."

"Çocukları yeniden geliştirmek zor olacak" dedi, Müdür, "Okul yaşındakilerden bir devşirme takım, dışardan..."

"Kasetçilerle anlaşırız... Onlar iyi insanlar... Hepsi bu işin meraklısı... Yetiştiriyorlar bu sahipsiz çocukları... Hemen hiç para almıyorlar... Bir de masraf edip bu çocukların seslerini kaset yapıp memlekete dağıtıyorlar, binlerce kaset..."

Müzik öğretmeni Mehmet Bey, Seyfullah'ı bulamamıştı ama kasetçi Kâmil Kasnakçı'yı bulup Topçuoğlu'na göndermişti Kasnakçı yaşamı boyunca ilk kez bir lisenin kapısından içeri giriyordu. Müdür hiç de demokratça karşılamamıştı onu. Kapıdan başını uzatınca tam Topçuoğlu gibi:

"Kime baktın!" diye terslemişti.

"Seyfullah'ı aramışsınız okuldan..." dedi, "Kendisi bağlama dersi alıyor da..."

"Velisi misin sen?" diye sordu.

"Hayır!" dedi, "Onun velisi yok... Ben kasetçisiyim!"

"Kasetçisin demek... Seyfullah kaset dolduruyor artık, öyle mi?"

"İş var çocukta... Tanıtmak istiyoruz... Parası da yok ama, sevabına... İlerde tanınır da ekmek sahibi olur. Dua eder bize!"

"Kasetçi arkadaş, adın neydi senin? Geç, şöyle otur!"

"Adım Kamil... Soyismim Kasnakçı..."

"Bak Kâmil Efendi, bu çocuk okuldan uzaklaştırılmış..."

"Biz de sahip çıkmazsak böylelerine, büsbütün yıkılır gider..."

"Nasıl sahip çıkıyorsun Seyfullah'a..."

"Elinden tutarak abi... Tutmazsan bırakıp gider... Avucunu yalarsın sonra... Nasıl mı tutarsın? Bunlara para verilmez. On beş, on altı yaşındaki çocuğa para mı verilir...Şımarır sonra, zıvanadan çıkar. Ailecek şımarır... Bir renkli televizyon alıverdin mi, dünyalar onun olur. Bir video... 4 sistem, dokunmatik... Faturası şirket adına yazıldı mı, bilakis masrafa geçersin abi... Kaset tuttu mu, yüz milyondur cirosu bu işin... Eh otuz, kırk milyon da kâr... Eğer hayırlısıyla yeniden kaydı yapılırsa Seyfullah'ın, tahsili de bizden olur yetimin bilakis."

Birden kalkıverdi ayağa Osman Topçuoğlu:

"Sen tut getiı bu haylazı okula da ben konuşayım!" dedi, "Sazını da unutmasın gelirken..."

"Başüstüne Müdür Bey! Bi elinden de siz tutun bu yetimin de adam edelim. Cennette mekânı vardır, böyle hayır işleyenlerin!"

Ertesi gün Seyfullah biryantinli saçlarını yıkamış Topçuoğlu'nun istediği öğrenci kılığına girmişti. Sazını pembe büzgülü torbasına sokmuş, torbayı da eline almıştı. Onu okulun kapısında bekleyen müzikçi Mehmet Yanıkses, müzik odasından içeri sokup kapıyı çekerken:

"Repertuarını gözden geçirelim, önce!" dedi.

Kuzağına oturttuğu bağlamanın düzenini yaparken:

"Emrah da arkadaşım!" dedi, "İstersen ondan başlayalım!"

Mehmet Hoca:

"Sesin nasıl?" dedi, "Önce onu deneyelim... Kimden söylersen söyle!.."

Sarı tele birkaç kez dokunan Seyfullah, arkadaşının ağzından şunları söylüyordu:

"Yıllar yılı dert yolunda

Ne ilk, ne de sonuncuyum.
Kahrediyor hayat beni
Acıların çocuğuyum!

Söylemiyor kimse derman
Öyle zor ki sensiz olmak
Ben acıların çocuğuyum
Acıların çocuğuyum!"

Mehmet Yanıkses, Emrullah'ın kucağındaki bağlamadan gelen seslere kulak verince, onun bu işte pek yaya olduğunu anlayıvermişti. Sesine gelince, yontulmamış bir sesti ama, gene de bir çekiciliği vardı, ilkelikten gelme.

Tanıdığı türkücülerden söylüyordu, Emrah'tan, Ceylan'dan, Zeyno'dan, Hemmo'dan...

"Bu da Küçük Ceylan'dan!" diye bağlamasını tımbırdattı:

"Saçlarımı dağıtırsın
Rüzgârlara bırakırsın,
Bana sen yakışırsın
Seni sevmeyen ölür!"

Dışarda zille birlikte son dersten çıkan Hababam Sınıfı, müzik odasından sızan sesleri duymuş, kapı önünde birikmişti:

Rizeli Dursun:

"Ha bu kaset bende vardur!" dedi, "Ceylan'ın türküsüdür!"

Güdük Necmi dalına basmak için:

"Gencebay'ındır bu!" dedi, "Salladın!"

Rizeli Dursun, sallamadığına herkesi inandırmak zorundaydı. İçerden sızan seslere kulak verir görünerek söylüyordu:

"Her şey yalan sen gerçeksin,
Dertle birlikte gelirsin.
Bence aşkın en güzelisin
Seni sevmeyen ölür!"

"Yaşa Dursun!'" dedi, Domdom Ali: "Seni de dinleyen ölür! Bu ses sendeyken ne çaylara radyasyon ister, ne de hamsilere! Yetersin memlekete sen!"

İçerden yeni arabeskler duyuluyordu:

"Karanlık çökünce sokağımıza
Köşede ben varım unutamazsın!"

Dışardan yontulmamış sesler Seyfullah'ı bastırmıştı. Artık o değil, Hababam Sınıfı söylüyordu:

"Bir mazi var, onu nasıl silersin
Sen beni ömrünce unutamazsın!"

Nurcu'lar da, Adnan'cılar da, Süleyman'cılar da bindirmişlerdi:

"Sen beni ömrünce unutamazsın!"

Erdal'cılar, Abla'cılar da tutamamışlardı kendilerini:

"Mektupları yırtıp attın diyelim,
Resimleri yırtıp yaktın diyelim..."

Müzik öğretmeni Mehmet Yanıkses, müzik odasının kapısını açmıştı, ardına kadar. Bu denli kalabalıkla karşılaşacağını hiç düşünmemiş olacaktı. Onları susturmak için kaldırdığı sağ elini söylenen arabesk şarkıya uydurmuş, tempo tutmaya başlamıştı.

"Bir mazi var, onu nasıl silersin,
Sen beni ömrünce unutamazsın!"

Şarkı bitmişti. İçerde kucağındaki bağlamayla hocasından bir buyrultu bekleyen Seyfullah kapıya gelmişti:

"Devam!" dedi, Mehmet Yanıkses.

Nazlanmadan kısa kısa dizelerle başlamıştı. Peşinden de Hababam Sınıfı, onun da peşinden bütün sınıflar:

"Gözlerimde duman duman yaş,
Arzularım hep yarım kaldı.
Allahım ne günah işledim ben?
Yüreğimi sancılar sardı!"

Son iki dize Süleyman'cıların da hoşuna gitmişti, Nurcu'ların da, Adnan'cıların, hatta tüm iktidardan yana olanların da...

"Allahım ne günah işledim ben
Beynimi sancılar sardı!
Allaaah!..."

Kel Mahmut, nöbetçi öğretmen Badi Ekrem'i yanına almış, ayaklanmayı bastırmaya gelmişti. Badi Ekrem, düdüğünü çıkarmış, Kel Mahmut'un çocuklara sesini duyurması için kesik kesik üflüyordu:

"Susun çocuklar!"

Mahmut Hoca çocuklara seslenecek yerde Mehmet Yanıkses'i haşlıyordu:

"Bu ne kepazelik Mehmet Bey! Bilen bilmeyen de ayin yaptırıyorsun sanacak!"

Müzik öğretmeni:

"Sayın Müdürümüzün emriyle müzik yarışmasına hazırlanıyoruz!" dedi.

"Ne müziği bu böyle, anlayamadım, tekke müziği mi yoksa!.."

Müdür, soluk soluğa merdivenleri çıkmıştı. Mahmut Hoca'nın çıkışmalarının hızını kırmak için:

"Alın baştan Mehmet Bey!" diye bağırdı. "Haydi çocuklar, hep beraber!"

Beraberliğin içinde başta Hababam Sınıfı, tüm okul vardı, müdürüyle birlikte... Durumdan hoşnut kalan Müdür, çoşku içinde iki elini birden kaldırdı. Liselerarası yarışmada folklor dedikleri halk müziğinde olmalıydı:

"Haydi çocuklar folklora, türkülere geçelim!" dedi, "Haydi Mehmet Bey! Eminem'den başlayın! Hey farfarayı da unutmayalım!"

Mehmet Bey, bu konudaki kültürünü göstermek için, bir başka türküden başladı...

"Çocuklar!" diye bağırdı, "Cumbullu'yu söyleyeceğiz! Yar beni bırakmış, ellere gitmiş! Gider ise gitsin canım sağ olsun!"

Çocuklar hep birden katıldılar:

"Sanki kunduramdan bir çivi düşmüş...

Cumbullu cumbullu aslanım aslan!..
Sağ yanım yoruldu sol yana yaslan!

Cumbulluyu yaptırmışem her yanı pullu
Cepken diktirmişem dar, kısa kollu

Peştemalı belinde yollu mu yollu

Cumbullu cumbullu, aslanım aslan
Sağ yanım yoruldu sol yana yaslan!

Evlerinin önü kahve dibeği
Dibeğe vurdukça oynar göbeği
Ne sen gelin oldun, ne ben güveyi

Cumbullu cumbullu aslanım aslan
Sağ kolum yoruldu, sol kola yaslan!"

Osman Topçuoğlu türkünün gerisini bir yana bırakmış, "Cumbullu cumbullu" diye yineleye yineleye çocukların tam ortasına düşmüştü. Mehmet Yanıkses de, Topçuoğlu'nun akortsuz sesine uymuştu ister istemez:

"Cumbullu cumbullu cumbullu!"

Bir ara iki kolunu birden kaldıran Osman Topçuoğlu:

"Yeter Mehmet Bey!" diye bağırdı, "Güzel bir ahenk sağlandı! Biz bu liseyle her yarışa girer, evel Allah, alnımızın akıyla çıkarız!"

"Sayenizde Sayın Müdürüm!" dedi, Mehmet Yanıkses, "Siz başımızda sağ oldukça!"

"Haydi sınıflara çocuklar!"

Çocuklar, Cumbullu'yu söyleye söyleye dağıldılar...

CUMBULLU'LU BİR TÖREN

Beklenen gün bütün görkemiyle gelip, çatmıştı. Yüksek düzeyde bilim adamları, seçkin siyaset adamları, bakanlar, başbakanlar, dünyaca tanınmış elçiler, işadamları, holding kurucuları yetiştiren ünlü eğitimcilerimizden Osman Topçuoğlu'nun yönetimindeki bu tarihi okul, Liselerarası Müzik Yarışması'nda seçkin 22 jüri üyesinin oylarıyla önemli bir birincilik kazanmıştı.

Bu başarıya kimlerin emeği karışmamıştı ki... En başta bu tarihi liseden feyiz almış yüksek düzeydeki bilim, kültür ve sanat adamlarının, yetkili eğitimcilerin, geçerli çağdaş müziğin temsilcilerinin, Topçuoğlu'nun kişiliğinde özdeşleşen bütün öğretmen ve yönetmenlerin, özellikle hem yarışan, hem yarıştıran, halkın içinden yetişmiş müzik öğretmeni Mehmet Yanıkses'in... Eskilerin yakından çok iyi tanıdığı Başkent barlarının göz bebeği kemâni Mehmet Yanıkses... Kemâni mi dedik? Oysa o amfisiz, mikrofonsuz dönemde kemanıyla geçtiği taksimlerden çok, elini kulağına verip de çektiği "gazel"lerle ününü yapmıştı. O günlerde Mehmet Yanıkses radyoevine adımını attı atıyor derken, çok tepeden bir buyrukla radyodan gazel kaldırılıvermişti! Kaldırılmış değil, Batılılaşma, çok sesli Batı Müziği adına yasaklanmıştı. Böylece ileriye dönük "servi gibi ümitler" birer "iğde"ye dönüşürken "ehlidil" maaarifçilerden birinin himmetiyle yakın illerden birine müzik öğretmeni olarak atanıverince dünyaya yeniden gelmiş gibi oluvermişti.

Böylece Lise Müdürü Topçuoğlu da aradığı müzik öğretmenine Mehmet Yanıkses'in kişiliğinde kavuşmuş oluyordu.

Topçuoğlu, telgrafları üst üste koyup coşkusu bir yana, bir karamsarlık kaplamıştı içini. 2 bini aşkındı gelen telgraflar. Eşleri, en yakınlarıyla birlikte yaklaşık 5 bin kişi, 5 bin çağrılı, 5 bin konuk. Nerede ağırlanırdı bunca insan? Hem de bu tarihi lisede, lisenin hangi salonunda?

Mutlu günler, geceler için düşünülüp de 20 yıldır unutulan konferans ya da tiyatro salonu boya, badana yeniden elden geçirilmeliydi. Kooperatif kazancıyla sahne onarılmalı, sahneye mor kadifeden gösterişli bir perde çekilmeliydi. Sırmadan harflerle bezenmiş bir amblem de tam perdenin göbeğinde...

Çağrı kartlarında da bu amblem yerini almalıydı. Okulun ilk kuruluş tarihi biraz arşivden, biraz belleklerden araştırılıp, çıkarılmıştı.

Devlet Başkanı'ndan, Meclis Başkanı'ndan başlayarak, başbakanlar, bakanlar sıradan çağrılmışlardı. Çağrı mektupları ve lise amblemli kartlar postaya verildiği gün omuzlarından bir yük kalkmış gibi olmuştu Topçuoğlu'nun...

İşte gelmişti beklenen gün. Çağrı kartlarındaki başlama

saati tam 20.00 olarak gösteriliyordu ama, çiçekler, çelenkler daha öğle saatlerinde gelmeye başlamıştı bile. Kalem Şakir, elinde bir kalem-kâğıt okul kapısına dikilmiş, çiçekleri kimin gönderdiğini alt alta yazıyordu. Yanına aldığı İnek Şaban'a:

"Ne adamlar yetiştirmiş bu okul görüyorsun ya..." diyordu, "Çiçekler Ankara'dan gönderiliyor, kendileri akşama uçakla gelecekler. Belki de özel uçaklarla!"

"Haklısın, ne adamlar yetiştirmiş bu okul!'

"Ne aslanlar..."

"Evet Kalem Ağabey!"

"Ne İnekler!"

"Ne İnekler!"

"Ne güzel konuşuyorduk. Sırası mı bana takılmanın şimdi?"

"Yalnız sen mi ineksin be?"

İki kişinin zorla taşıdığı çelengin en gösterişli bir yerine tutturulan kartı okuyan Kalem Şakir:

"Bravo!" dedi. "Süpermarket.. Nazmi Ocaklı, görüyorsun ya Şaban'cığım... Marketçiler, lahmacunlarını kapışanları unutmazlar. Sağ olsunlar!"

"İki kişilik bir çelenk!"

"Bir kitapçıdan mı?"

"Hayır; Küçük Sahneden!"

"Oku!"

"Hababam Sınıfları yetiştiren tarihi liseye!.. —Küçük Sahne—"

Bir küçük çelenk daha geliyordu:

"Ne güzel çelenek" dedi Kalem Şakir, "Dur Şaban'cığım, okuyalım! Suzan Ustan!"

"Hatırlayamadım, kim bu Suzan Ustan?"

"O da kim olduğunu yazmamış. Ne güzel!"

"Herhalde Okul Müdürü tanır onu, bizim Osman Topçuoğlu."

"İş onun belleğine kaldıysa, yandı Suzan Ustan'cık!"

"Bir çelenk daha!" Bunu ancak dört kişi taşıyabiliyordu. Bir de çiçekçi vardı arkalarında. Elinde de teslim alanın imza edeceği kâğıt.

"Dur bir dakika" dedi Kalem. Okunacak bir kâğıdın çiçekçinin elinde olduğunu görmüştü. Yaklaştı:

"Okuyabilir miyim?" dedi.

"Sen mi teslim alacaksın çelengi?"

"Hayır" dedi, "Ben sadece çelenklerin nereden, kimden geldiklerini yazıyorum."

"Yaz öyleyse. Bu çelengi bir holding gönderiyor. Adını sorma."

"Gerek yok!" dedi Kalem Şakir, "Böyle bir çelenek gönderen kurum holding de olsa iflas eder er-geç."

Müzik öğretmeni Mehmet Yanıkses lacivertleri giymiş, geliyordu. Elinde de bir keman kutusu.

"Tamam" dedi Kalem Şakir, "Bir seans da Mehmet Bey'den. Ne de olsa Ankara'da yetişmiş. Vardır gelecek olanların arasında bir müşterisi."

Müdür Topçuoğlu'nun akşam yemeğini erken saatlere aldığı için zil erken erken çalıyordu.

"Tavuklar gibi ortalık kararmadan kapatacaklar kümese" dedi. "Görevliler bütün gece ayakta."

Kendisi görevli olsa da, yemeğe inecekti herkesle birlikte.

"Haydi Şaban'cığım" dedi, "Yiyelim yemeğimizi cop yer gibi!"

Bereket versin yemek listesi kabarık değildi. Açığı kapatmak için Topçuoğlu, bol bulgur pilavı vermişti. Yanında şekeri unutulmuş üzüm hoşafı... Tüm öğrenciler hoşaftan anladıkları için tanesini yemişler, suyunu tabaklarında bırakmışlardı. Sonra doğru kapıları dışardan kilitlenen yatakhaneye!.. Bir de yöneticiler böyle bir gecede onlarla mı uğraşacaklardı? Salonda törenin başladığını dile getiren İstiklal Marşı tüm yatılılar için tören dışı kaldıklarını bildiren bir ağıttı.

Salonda tek bir boş yer kalmamıştı.

Eteklerin ve pantolonların ütüleri kollanarak marş sonu oturuşuna geçilmişti ki, en ön sıraların protokol bayanlarından biri göründü eşiyle birlikte. Daha önce gelenler şöyle bir kıpırdandılar. Alkışlanmalı mıydı bu yeni gelenler, yoksa sadece selamlanmalı mı? Çevredekiler saygıda gecikmediler. Konuk bayanlar bu durumdan yararlanarak, dipten, yani beyaz rugan iskarpinlerinden başlayarak, doruğa, yani fiyonglu saçlarının fiyonguna kadar incelediler. Yol üstündekiler ikinci kez başladılar dipten, yani siyah dantel çoraplardan incelemeye.

"Beşiktaşlı olduğu belli!" dediler.

Muhaliflerden bir milletvekili eşi açıktan açığa eleştiriyordu döpiyesini:

"Japonya'da giydiği piyedöpul."

"Ya takılar?" dedi, "Onlar da fo biju diyemezsin ya!" dedi arkadaşı.

"Ben demiyorum ki kardeş, kendisi söylüyor taklit diye, sahteymiş bütün taktıkları."

Hoşgörülü bir bakan hanımı:

"Ne yapsın?" dedi, "Mecbur, trafik kazasından sonra gerdanına ne bulursa takmaya. Kem gözlerden sakınmak için."

Sahnede sönüp-yanmaya başlayan spot ışıkları moda izleyicilerinin gözlerini almaya başlamıştı. Gözlerin işi bitmiş, sıra kulaklara gelmiş oluyordu artık!

"Görmek için ben gül yüzünü
Dağları aştım da geldim!"

"Değmezmiş ama geldik işte" dedi yeni transferlerden bir milletvekilinin hanımı.

"Acele etme" dedi kocası, "Seyfullah çıkacak!"

"Kimmiş bu Seyfullah?"

"Kuaförleri dolaşmaktan genç kabiliyetleri tanımaya vaktin olmuyor ki, yavrucuğum!"

"Diskolara izin vermiyorsun ki."

"Peki" dedi, "İzin! Türbanını sar git arkadaşlarınla! Git de gazeteciler resmini çeksinler!"

"Sen geçemedin gazetelere, ben geçeyim bari!"

Sahnede Yanıkses'in bağlama takımı yerini almıştı. Kastamonu'da müzik öğretmeni iken kendisinin de katıldığı sepetçioğlu oyunu sergileniyordu.

"Sepetçioğlu bir ananın kuzusuuuu...
Hiç gitmiyor kollarımın sızısı.
Böyle imiş alnımızın yazısııı...
Yasıl dağlar yasıl,
Aslan efem geliyor vay vay!"

Bir süre oynanan oyunun havası salonu doldurduktan sonra "Aslan Efe" sahneye çıktı. Bu efe Osman Topçuoğlu'dan başkası olamazdı.

"Çok Sayın onurlu konuklarımız" diye avucunun içinde

bumburuşuk ettiği kâğıda gözünün kuyruğuyla baka baka konuşmasına başladı: "Memleketin kültürüne, sanatına, bilim hayatına yüksek şahsiyetler yetiştiren lisemizin seçkin mezunları, değerli konuklar, yuvanıza hoş geldiniz! Kültür ve sanat ocağınızın yeni bir başarısı için bir araya gelmiş bulunuyoruz. Evet, ocağınız bir müzik birinciliği kazandı. Bütün liseler arasından... Kutlamak için toplandık bu ödülü... Genç sanatçı arkadaşlarımızı tanımak için geldik bir araya. Harika sanatçı, kaset yıldızı Seyfullah'ı tanıtayım önce size. Hem kendinden, hem arkadaşından şarkılar çalıp, söyleyecek size! Gel oğlum Seyfullah!"

Seyfullah, elinde sazıyla çıktı. Bir iskemleye oturdu. Bağlamasını kucaklayıp, akordunu yapmaya başladı.

"Çok sayın sanatsever konuklarım, önce kendimi tanıtayım sözümle, sazımla size:

Alçak eşek binmeye kolay
Öksüz uşak dövmeye kolay
Hor bakmayın Seyfullah'a
Sanmayın sövmeye kolay!

Bahçeliyem, bağlıyam ben
Kentli değil, dağlıyam ben
Kul olamam kimselere
Bağlamama bağlıyam ben!

Bir de arkadaşım Emrah'tan söyleyeyim sizlere. Tanırsınız arkadaşımı. O da benim gibi kaset dünyasının yıldızı. Bir şair amcanın dediği gibi... O da, ben de böyleyiz!

İlk doğan yıldızız biz
Son batan yıldızız biz
Kimimiz kimsemiz yok

Yalnızız, yalnızız biz!

Yok değil, var sayın yüksek ve seçkin konuklarımız! O kadar da yalnız sayılmayız. Kasetçi amcalarımız var bizim. Sıkışırsak bir renkli televizyon bile hediye ederler bize. Ahlakımıza çok mukayyettirler, bozulmasın ahlakımız diye bize tek kuruş vermezler. Sağolsunlar da, vermesinler. Kuran çarpsın istersem. Evet sayın dinleyiciler, şimdi de arkadaşım Emrah'tan:

Yıllar yılı dert yolunda
Ne ilk, ne de sonuncuyum
Kahrediyor hayat beni
Acıların çocuğuyum!"

Arka sıralardan tempolu bir istek yaygarası yükselivermişti birden:

"İsteriz! İsteriz! Mehmet Bey'den bir gazel! Bir gazel, bir gazel isteriz!"

Dileklerin temposu da, tonu da gittikçe yükseliyordu. Sahnenin kıyısında oturan Osman Topçuoğlu, gözleriyle müzik öğretmenini arıyordu:

"Mehmet Bey! Mehmet Bey! Lütfen!"

Mehmet Yanıkses, başına geleceği bildiği için kemanıyla gelmiş, akordunu bile yapmıştı. Hemen çıkıverdi sahneye. Kürdilihicazkâr bir taksimden sonra başladı ünlü gazellerinden birine:

"Sen de onlar gibi bir kalp arıyorsan yakacak
Neye geç kaldın ey afet ki kül oldum bu sene
Yanmamış bende ne od kaldı, emin ol ne ocak
Seni çoktan tanıyanlar ne diyor dinlesene!
Hangi Rab'bin kulusun, hangi kitabın yolusun
Hele yaklaşma kadın, korkulusun, korkulusun!"

"Nur ol!"
"Yaşa Yanıkses!"
"İsteriz, ey siyah gözlü kadın!"

Bu ağır havayı dağıtmak için Hababam Sınıfı'nın "Sınıftan Sesler" programı yürürlüğe geçti Mehmet Bey'in kemanı eşliğinde Temel Melemet, ilk türkünün yöneticisiydi. Karadenizli olduğu için başladı Karadeniz ağzıyla:

"Parmağında yüzükler
Kolunda bilezikler
Uy sana dolanayım
Oy oy Emine'm
Nedir bu güzellikler?

Sabahtan gördüm seni,
Çok beyaz geldin bana
Konakta mı büyüdün
Oy oy Emine'm
Güneş çalmadı sana!"

Refüze Ekrem, "Oy Farfara"yı söyleye söyleye sahneye girdi. Elinde de mikrofon:

"Haydi Sayın seyirciler, öyle uslu uslu oturmak olmaz. Siz de katılın!"

"Haydi hep beraber!"

"Oy farfara farfara
Ateş de düştü şalvara
Ağzım dilim kurudu
Kız yalvara yakara!
Böylece olacak işte! İkinci bölümü de söyleyelim birlikte!"
"Daracık daracık sokaklar!"

Refüze Ekrem, mikrofonun kablosunu sürüye sürüye öne doğru yürüdü:

"Buyrun Sayın konuklar! Siz de Sayın Bayım, Haydi, bir ağızdan!"

"Daracık daracık sokaklar
Kızlar fındık ayıklar
Bütün kızlar bir olmuş
Koca diye sayıklar!"

"Haydi Hanımefendi, siz de!"

"Oy farfara, farfara
Ateş de düşmüş şalvara
Ağzım, dilim kurudu
Kız yalvara, yakara!"

"Teşekkür ederim Hanımefendi, sağ olun! Sayın Bay, siz de lütfen!"

"Ben o yâre dağlar kadar güvendim..."

"Haydi, hep beraber!"

"Güvendiğim dağlar elime geldi, elime geldi!"

"Haydi Hanımefendi!"

"Ölem ben... Ölem ben!
Kurban olam ağzındaki dile ben, dile ben!"

Kalem Şakir, elindeki mikrofonla sahnenin önüne geldi:

"Çok Sayın konuklarımız" dedi. "Şimdi size kaset dünyasının en ön sıradaki yerini bir aydır koruyan Cumbullu türküsünü söyleyeceğim. Katılmak serbesttir...

"Evlerinin önü kahve dibeği..."

"Hep birlikte efendim!"

"Dibeğe vurdukça oynar göbeği...
Ne sen gelin oldun, ne ben güveyi"

"Hep birlikte söylenecek bu bölüm, buyrun söyleyelim:"

"Cumbullu cumbullu, aslanım aslan
Sağ kolum yoruldu, sol kola saylan

Evlerimin önü dardır geçilmez
Suları soğuktur anam, bir tas içilmez
Anadan geçilir, yardan geçilmez!"

"Haydi Sayın Bay! Cumbullu cumbullu aslanım aslan... Sağ yanım yoruldu... Sol yana yaslan!"

En ön sıradan önceki iki-üç konuk kalkmıştı. Program uzadığından bunalmış olabilirlerdi. Onur konuklarından biri daha kalkmış, kapıya doğru yürüyordu. Hanımefendiler mikrofondakilerle birlikte sürdürüyorlardı:

"Cumbulluya diktirmişem her yanı pullu
Cumbullu, cumbullu, cumbullu..."

Gecenin en seçkin cumbullularından biri daha kalkmış, kapıya doğru yürüyordu.

Bu cumbullulu tören, cumbuldaya cumbuldaya sonuçlandığı halde, cumbultusu gazetelerde cumbul cumbul cumbuldayıp durmuştu günlerce, haftalarca...

AÇLIKTAN SONRA SUSKUNLUK GREVİ

Yemekler her gün biraz daha planlı biçimde bozulurken, Hababam Sınıfı'nın market adını verdiği kantinde lahmacun satışlarının hızlanması, tüm okulu zıvanadan çıkarıyordu. Açıktan açığa soygunculuktu bu. Buna Hababam Sınıfı tümüyle katlansa bile, Çolak Hamdi dayanamazdı. Önce memleketlilerinden başladı işe:

"Sizde hiç öğrenci haysiyeti yok mu be? Herif dışardaki süpermarketle yapmış anlaşmasını! Neredeyse bu donsuz milletin kursağından kesip önümüze koyduğu kayıntıyı büsbütün satır edecek. Gidin kantinde ziliği kırın da biz köşeyi dönelim diyecek! Gelin vazgeçelim bu kantinden, adam gibi yemek çıkarsın bize... Çıkarsın da, onun da haysiyeti kurtulsun, bizim de! Bu iş böyle sürüp giderse üniversiteli ağabeyler gibi yapar, açlık orucuna yatarız sonra!.."

Bozulan yüzseksen lahmacunun geriye yollandığı bir gün,

marketçi Selman Ocaklı, çekti Çolak Hamdi'yi kantinin arkasındaki hesap odasına, bir punduna getirip de:

"Hey Çolak Hamdi!" dedi, "Milletin kayıntısından sana ne? Paran mı yok lahmacun alacak? Şükür babanın hali vakti yerinde. İki yıldır paralı yatılısın. Senin yaptığını parasız yatılılar yapmıyor. Baban tıkır tıkır ödüyor, yatılı taksitlerini. Yok, eğer şu son günlerde işleri biraz bozulduysa, üç öğün lahmacunun benden! Doyuracağın gariban varsa arkanda onlar da gelsin buyursun. Aç doyurması sevaptır!"

"Demek çok kazanıyor sizin ortaklık, haaa?" dedi Çolak Hamdi. "Eğer son günlerde biraz satışlar kesikse, kafası çalışanlar buna bozulmuşlardır. Yoksa adı mı değişti bizim kantinden bozma marketin? Vakıf mı oldu adı, imaret mi? Yanlış kapı çaldın arkadaşım sen! Babam günü gününe taksitleri yatırdığına göre, bana üç-beş kuruş da lahmacun parası gönderiyor demektir. Son günlerde sık sık uğramıyorsam, bir nedeni var demektir. Lahmacunun eski tadını bulamadığımdan..."

"Peki, zorun ne öyleyse?.. Sen mi kaldın bunca garibana arka çıkacak?"

"Ben mi arka çıkıyormuşum?"

Birden toparlandı Çolak Hamdi:

"Bana ne onlardan!" dedi. "Her koyun kendi bacağından asılır!"

Kabadayılığa hiç gelmezdi. Doğru gider, Topçuoğlu'nda alırdı soluğu. Suçu, elebaşılık, kışkırtıcılık... Hemen toplardı Topçuoğlu disiplin kurulunu, kaydırıverirdi adamın ayağını okuldan. Başka liseye nasıl kalkar giderdi, Hababam Sınıfı'nı bırakır da...

"Bak Çolak Hamdi" dedi Selman Ocaklı. "Müdür'ün kulağına giderse okulu kışkırttığın..."

"Eee... Asar mı beni dersin?"

"Asmaz ama süründürür... Verir karakola, olmazsa savcıya, önce içeri attırır seni..."

"Sonra?"

"Bırak sonrasını... Sen adamla başa çıkabilir misin be? Vazgeç bu keçilikten! Üniversiteli ağabeylerin bile anarşistlikten, bozgunculuktan başları beladan kurtulmuyor!"

"Biz kim, bozgunculuk kim? Ama ne de olsa insan bozuluyor. Bizden aldığı yatılılık parası yetmiyorsa, arttırsın parasını da, adam gibi kayıntı çıkarsın!"

Vay Çolak vay! Sonunda çıkardı dilinin altındaki baklayı! Böylec anlatmalı mıydı Müdür'e? Gene de anlatmak işine gelmezdi onun. Ne yapıp edip, lahmacun satışlarını hızlandırmalıydı. Selman'ın çıkarı ihbarcılık değil, marketçilikti. Ocaklı'lar ne demezlerdi sonra?

Ertesi gün süpermarketi yöneten amcasının oğluna haber gönderdi, keçi etinden şimdilik vazgeçmesi için! On liralık da bir indirim yapabilirdi kendisi hesabına! Çolak Hamdi de boş durmamıştı. Ablacı'lardan Erol'la konuşmuştu bu konuyu.

Yemekhanede öğretmenler masalarından kalkana kadar yerlerinden kalkmasalar?.. Oturup kalsalar da Müdür'ün yemekler üzerine dikkatini mi çekseler?.. Ne çıkardı bir-iki gün aç kalmaktan?

Şaşılacak şey, bu iş tutmuştu işte! Önce Hababam Sınıfı'nın bir bölümü... Sonra yemekhanede boş masalar... Sonra tüm okul... Yemek zili çalınca yerlerini alıyorlar, bir lokma yemeden kalkıp gidiyorlardı.

Müdür soruyordu Habamam Sınıfı'ndan en güvendiklerine:

"Bunlar açlık grevi mi yaptılar?" diye.

Selman da, Adıbelli de:

"Hayır," diyorlardı. "Açlık grevi değil!"

"Neden değil?"

"Su içiyorlar, sigara içiyorlar!"

Kızmıştı Topçuoğlu:

"Bunlar oruç mu tutuyorlar diye sormadım ben! Grev mi yapıyorlar dedim, açlık grevi?"

Adıbelli:

"Efendim", dedi. "Aç değil ki bunlar... Simit aldılar geçen gün, simitçi yoldan geçerken..."

"Bir gün basın duyacak bunların zıpırlıklarını! Biz de kepaze olacağız! Kim kışkırtıyor bunları be?"

"Dışardan" dedi, Adıbelli. "Dışardan bir kışkırtan var!"

"Sanmıyorum..." dedi Selman, "Üniversiteden bir yöneten... Bugün gazetede okudum, şöyle diyor, 'Bursa'da on kişiyle başlayan açlık grevindeki öğrencilerin sayısı ondokuza çıktı.' Başka bir haber daha..."

"Gazete açıktan açığa grev diye yazıyor, öyle mi?"

"Yazıyor Müdür Bey... Başka bir haber... Ankara'da açlık grevini sürdüren öğrencilerden onüçü sağlık durumlarının bozulması üzerine doktor tedavisiyle bu eylemi sürdürmekten..."

Topçuoğlu, Adıbelli'ye sordu:

"Sen yemekhaneden aç çıkanları gördün değil mi? Simit alırken de gördün?.."

"Gördüm efendim, Güdük Necmi'yi, İnek, pardon Şaban'ı... Haldun Tektaş'ı... Tanju'yu... Erol'u simit yerken..."

"Yani bizimkiler grev yapmıyorlar, açlık grevi?.."

"Grev yapmıyorlar ama ne yemekhanede çatal-kaçığa ellerini sürüyorlar, ne de markete uğruyorlar..."

"Kim kışkırtıyor bu serserileri, hangi namussuz! Söyle Selman, hangi bozguncu?.. Şakir'in, Recep'in parmağı var mı sizin sınıftan?"

"Vardır da, olmayabilir de... Yalnız şeyin adını ağızlarına almıyorlar. Şeyin... Yani grevin!"

"Sus! Sen de alma ağzına! Suç!.. Demek konuşurken dinledin?.."

"İster istemez kulak misafiri oluyoruz!"

"Sakın seni de baştan çıkartmış olmasınlar... Peki, lahmacun satışları nasıl gidiyor son günlerde?"

"Berbat Müdür Bey... İkiyüz lahmacunu da geri gönderdim... On lira indirim yaptım, etin kalitesini iyileştirin dedim... Yemiyorlar ki kalitesini anlasınlar..."

"Demek felaket desene! Kepazelik! Senin grevleri okuduğun gazete bütün bu olayları duyarsa... Duyup da yazarsa... Peki çocuklar, beni yalnız bırakın..."

Yalnız kalınca ilk işi, okula en yakın tütüncüden bütün gazeteleri aldırmak oldu. Haşim Efendi şaşırmıştı. Bugüne kadar Müdür'ün odasına tek gazete girmemişti. Sekiz gazete birden giriyordu bugün. Müdür de lotaryacılığa mı başlamıştı acaba?

Oysa Topçuoğlu tam bir Müdür'e yakışır biçimde memleketin eğitim sorunlarıyla birlikte toplumsal sorunlarına da eğilmiş bulunuyordu. Bu gazeteler, tam iktidardakilerin suçladığı gibiydi. Bozguncu ve kışkırtıcı... Açıkça neler de yazmıyorlardı ki... Öğrenciler tel çekmişlerdi... Topluma ve öğrenci gençliğine yönelik her türlü baskı ve sindirme uygulamalarının kaldırılmasını, Cumhurbaşkanı'ndan ve İçişleri Bakanı'ndan istemişlerdi.

Böyle oturmakla olmazdı, ne yapmalıydı Osman Topçuoğlu olarak, yani bu okulun yönetmeni... Öğrenciler çektikleri telgrafta ne yazmışlardı? Her türlü baskı ve sindirme uygulamalarının kaldırılmasını istiyorlardı. Sormalıydı kendi öğrencilerine de, bu okulda baskı var mıydı, sindirme uygulanıyor mu diye.

Böyle önemli günlerde koltuğundan, yardımcısı Mahmut Alnıgeniş'in koltuğuna yeni taktırdığı diktafonla seslenirdi. Düğmeye bastı. Vericiye en dik, en bağışlamaz bir biçimde seslendi:

"Mahmut Bey!..." Yanıt alır almaz da ekledi:

"Koridorda topla ta... ta... talebe... öğrencileri!.. İki gündür bir şey yapmak istiyorlar... Yemekhanede... Hiç doğru değil bu yaptıkları... Hemen toplansınlar!"

"Müdür Bey!" diye kendi sesinden daha dik bir ses geldi karşıdan.

"Mahmut Bey!" dedi, "Bir söyleyeceğin mi var?"

"Evet Müdür Bey!" dedi, "Bu konu nazik bir konu... Hem de çok nazik... Onları kışkırtmış olmayalım!"

"Neden kışkırtmış oluyormuşuz, anlayamadım!"

"Doğrusu aranırsa çocuklar o aklınıza gelen şeyi yapmışlar ama hiçbiri de adını ağızlarına almıyor. İki gündür, evet, yemek yemiyorlar... Neden mi yemiyorlar?. Bıktı çocuklar fasulye pilavdan da, ondan!"

"Neyse, Mahmut Bey, sen topla çocukları da ben konuşayım!"

"Olur!" dedi kısaca...

Çocuklar çok isteksiz görünüyorlardı. Böyle zamanlarda onları çift sıra dizmek bile zor olurdu:

"Bana bakın çocuklar!" diye seslendi Topçuoğlu, "Bu akşam canınızı yakmak için topladım sizi!" dedi.

"Ne yapmışız ki..." diye seslendi küçük sınıflardan biri.

"Daha ne yapacaksınız, okulun sizin için hazırladığı yemeğe elinizi sürmeden kalkıp gidiyormuşsunuz!"

"Hayır!" dedi yine küçük sınıflardan biri. "Hemen kalkıp

gitmiyoruz. Öğretmenlerimizin masallarından kalkıp gitmelerini bekliyoruz."

Nöbetçi öğretmenlerle birlikte Kel Mahmut geliyordu; yanlarında gazeteci oldukları ellerindeki makinelerden anlaşılan bir sürü de genç... Teyplerinin düğmelerine çoktan basmışlardı. Topçuoğlu, fotoğraf makinelerinin kendisine çevrildiğini görünce, ilkin şaşırmıştı. İlk kez poz veriyordu gezetecilere.

"Bununla beraber yaptığınız hiç doğru değil!" dedi öğrencilere, "Yemek yememek... Bu işi bilhassa öğrenciler yaparsa, yemek, yememek işini... Bunun bir adı var, ama yakıştıramıyorum. Siz terbiyeli, uslu, akıllı çocuklarısınız!... Bir daha yemek yiyeceksiniz, değil mi çocuklar? Bu gazeteci abilere söz verin de bitsin! Söz değil mi çocuklar?"

Gazetecilerden biri, o sırada konuşan arkadaşına:

"Sus!" dedi, "Çocukların söz vermelerini teybe alacağım! Ses karışmasın!"

Hâlâ konuşuyordu gazeteci. Teybinin düğmesine basan gazeteci ise, ses karışmasın diye parmağını dudağına getirmişti, "Sus!" demek istiyordu. Gözleri Topçuoğlu'ndan çok gazetecilerde olan çocuklar, bu sus işaretinin kendilerine olduğunu sanarak, toptan susmuşlardı.

Topçuoğlu istediği yanıtı alamadığı için sesini dikleştirerek bir kez daha sordu öfkeyle:

"Bundan sonra yemeklerinizi yiyeceksiniz, söz değil mi çocuklar?"

Ses yok!

Gazetecinin teybi çalışıyor. Yanındaki gazeteci arkadaşı, makinesinin flaşı yanmadığı için durmadan bir şeyler söylüyordu. Teybi kullanan gazetecinin sol elinin işaret parmağı da dudağından inmiyordu aşağı. Tam susulacak yerde bu ağabey tarafından verilen bu işarete elbette uyacaklardı çocuklar. Topçuoğlu:

"Söz değil mi çocuklar?"

"..."

"Size söylüyorum, söz mü?"

Gazeteci bir iki adım daha atmıştı, çocuklardan yana.. Topçuoğlu da yaklaştı çocuklara!

"Söz, değil mi?"

"..."

Beş-altı kez daha sorusunu yineleyen Topçuoğlu, tepiniyordu:

"Ben size gösteririm! Dağılın!"

"..."

Kel Mahmut ağaran bıyaklarının altından gülüyordu sinsi sinsi...

Okuldan koşarak uzaklaşan gazeteciler, hemen hemen aynı başlığı vermişlerdi:

"Açlık grevinden sonra susma grevi!"

İri harfli başlıkların altında da Topçuoğlu'nun kandil gibi sallanan başı...

TEK TERLİK YASASI

Güdük Necmi, yağmurdan kurtulmak için soluk soluğa girdi muhallebiciye. Yatılılar bu saatlerde dönerlerdi okullarına. Hurşit, babasının koltuğunda orturuyor, kapıdan girecekleri kolluyordu. Hababam Sınıfı'nın eski dostu olan Hurşit seslendi:

"Gel Necmi" dedi, "Anladım oturmak için geldin!"

"Aferin sana Hurşit" dedi, "Bunu iyi bildin! Yağmura tutuldum da... Bak üstüme başıma!"

"Otur!" dedi, "Hak ettin sahlebi! Bak Akif, Necmi'ye kaynar oynar yerinden bir sahlep!"

Eli açıktı Hurşit'in. Çok sahlebini içmiş, çok kazandibisini yemişti.

Sahlebi ikinci çekişinde:

"Korkarım bir de sigara verirsin bu keyfin üstüne!" dedi.

Gevezelik etmemeye özen gösteriyordu, Güdük...

Kızdırmaya gelmezdi. "Kız kovalamaya çıkıyormuşsun Beyoğlu'na..." diye bitirirdi konuşmasını ama, tuttu dilini. Yağmurun camlarda şakırtısı artmıştı.

"Geç kalacağım okula" dedi. "Kayıntıyı kaçırmak bir yana, nöbetçi öğretmenin karşısına çıkmak da var. Nöbetçi, Maraton Raşit, aksi gibi... Verir disiplin kuruluna, hiç bakmaz. Karneye bir ihtar! Anlat babana bu ihtarın nedenini, anlatabilirsen! Bir cumartesi akşamı okula geciktim dedim mi, tamamdır. 'Kızların peşinde dolaşırsan, okuldan bile kovarlar adamı' diyecektir."

Yağmur hızlandıkça, kapıdan girenler de artmıştı. İçerde boş sandalye kalmamıştı. Çoğu da okulun küçük sınıflarından... Son girenler arasında Refüze Ekrem de vardı, yanında da iki kız... Biri, bütün Hababam Sınıfı'nın tanıdığı Erkek Sevim. Oturacak yer arıyorlardı.

"Bizim Refüze Ekrem!" dedi, "Yanındaki de yenge!... Sevim..."

Kalkmıştı ayağa Hurşit. Tanırdı Refüze'yi... Severdi de...

"Çağır onları!" dedi, "İçerden sandalye getirtiriz!"

Önlerine birer sahlep getirip bırakan Hurşit, ev sahipliğini gösterdikten sonra onları yalnız bırakmıştı.

Yalnız kaldıklarını anlayan Refüze:

"Bak Necmi" dedi. "Biz öğleden sonra buluştuk, doğrusunu ararsan... Önce Arkadaşlar Tiyatrosu'na gittik! 'Biz de Genciz' oyununu izledik. Durukal ne oynuyor ya!... Bizlere şunu demek istiyor bu oyun: Çağınızın adamı olun! Siz ne 1970 kuşağısınız, ne de 1980 kuşağı... Bu ondalıklı yıllarda size ortaçağı yaşatırlar da, farkında olmazsınız. Kendinizi yılların sayısına uyarak çağınızın genci, insanı, hele hele kadını, kızı sanırsınız. Bal gibi kafanızın içiyle, dışıyla oynarlar da haberiniz olmaz!.."

"Ah be! bana neden haber vermezsin?.."

"Senin neden haberin olmaz... Bak Güdük'cüğüm, bu gece de, doğrusunu ararsan biz sinemaya gitmiyoruz!.."

"Nereye gidiyorsunuz? Diskoya mı?"

"Mikis Theodorakis'e!"

"Haaa... Şu Yunanlı sanatçı... Bizim Başbakanımız da çok beğeniyor onu!"

"Demek o da bizim gibi bir bilet uydursa, Semra Hanım'la birlikte gidecek, öyle mi? Ya da arabesk konserlerden zaman bulursa... Bak Güdük'cüğüm, onların her beğendiği sanatçının konserine ayıracak zamanları yoktur. Onlar Kur'an Kursları, İmam Hatip liselerini de beğenirler ama kendi çocuklarını dışarlarda okuturlar."

Erkek Sevim'in bildiği konulardı bunlar.

"Bak arkadaşım!" diye seslendi garsona, "Bana bir sahlep daha getir!"

Sonra Refüze Ekrem'e döndü.

"Sen de kes şu yayını!" dedi, "Bıktık erkeklerin ağlama duvarı olmaktan!"

Refüze kızacak yerde gülmeye başladı:

"Siz başka ne duvarısınız ya?.."

Erkek Sevim ekledi "Ne duvarı mı? Sıkıştıkları zaman, destur bile demeden yaklaştıkları bir duvar işte."

Hep gülüyorlardı. Güdük Necmi, Erkek Sevim'i tanırdı ama, bu tür erkekliklerini yeni öğreniyordu. Ne kızdı ya!.. Bir karşılaştırma yapabilmek için bir göz attı onun arkadaşına. Yüzü kızarmış gibi geldi ona. Bu kızartı hoşuna gitmişti Necmi'nin:

"Siz de gidiyorsunuz konsere, öyle mi?" diye sordu, gittiğini bildiği halde.

"Sevim biletleri alırken, yanındaydım" dedi Nesrin, "Bir bilet de benim için al dedim."

"Çok güzel!" dedi Necmi, "Ben olsam, bir bilet de kendim için isterdim!"

Nesrin, kendisinden beklenmeyen bir içtenlikle:

"Hiç üzülmeyin!" dedi, "Birgün de birlikte gideriz bir konsere!"

Necmi şaşkınlıktan bir yanıt bulamamıştı.

"Hıı..." dedi, "Sağolun!"

Refüze, gözünün kuyruğuyla saatine bakarak: "Kalksak Sevim'ciğim?" dedi.

"İyi olur!"

Nesrin, güleçliğini sürdürüyordu, sanki kendisi burada kalacakmış gibi.

Ama gene de hep birden kalkıvermişlerdi. Kapının önünde el sıkıştılar. Güdük Necmi yağmura aldırmadan Nesrin'in arkasından bakıyordu.

Koşarak tutmuştu okulun yolunu. Maraton Raşit'le yüz yüze gelmeden yemekhaneye girebilmişti.

Günün tüm öyküsünü Necmi'den sıcağı sıcağına dinleyen Kalem Şakir. Güdük Necmi'yi yarıgecede uyarmıştı.

"Haydi bakalım!" dedi, "Sözünü yerine getir. İş karışırsa, beni de uyandırırsın?"

Şöyle bir dolanıp gelen Güdük Necmi:

"Müdürün odasında ışık yanıyor. Maraton Raşit de sanıyorum uyanık... Ama nerde?.."

"Sen Gececi Murat'ı gördün mü?"

"Görmedim!"

"Demek Müdür bir görev verdiği için yok!"

"Hele bir dolaşayım!"

"Durum normal değil!... Hiç yoktan piyastos olmayasın

sen de! Haber ulaştırsan da Refüze'ye, yarın öğle yemeğinden evvel gelse!"

"Hele bir daha dolaşayım ben..."

Kalem Şakir olanı biteni yatağından izlemeye başlamıştı. Bir ara Çolak Hamdi yatağından kalkmış, su dökme dümenlerinde denetlemesini yapıp yatmıştı yerine. Belli ki tilki uykusuna geçmişti. Oysa Güdük Necmi hiç sözünü etmemişti. Çolak Hamdi'nin. Ah ne Güdük'tü o.

Kalem, saatine uykulu uykulu bir göz attı. Biri geçiyordu. Ufaklıkların yatakhanesinden ayak sesleri geliyordu. Bunlar ürkek terlik sesleri değil, güvenli ayakkabı sesleriydi. Sesler yaklaştı, yaklaştı... Hababam Sınıfı koğuşunda tökezleyip kaldı. Bir ses, kuşkusunu belirtti:

"Açılmamış bir yatak var!"

Yatağın üstünde adı, soyadı, numarası: Ekrem Akpınar, 345...

Bu kadar salakça piyastos olunmazdı! Yakışmazdı bu Hababam Sınıfı'na! En azdan yatağın bozulması gerekirdi, örtülerinin çarşaflarının... Son günlerde köpeksiz köy bulmuşlar, copsuz geziyorlardı. Suç gene de kendisinin, Osman Topçuoğlu'nun. Yatakhanedir, gecedir, uykudur, hiç umursamadan seslendi Maraton'a:

"Raşit Bey! Bu adam kaçmış! Bu saatte dönecek kadar aptal değildir! Yarın buradayım, getirin bana!"

"Başüstüne Müdür Bey!"

"Hey, sen de Murat! Eğer bir salaklık yapıp da yatakhaneye girmeye çalışırsa, gecenin hangi saatinde olursa olsun, tutup getireceksin bana!"

"Emredersiniz beyefendi!"

"Sakın haaa!... Bu gece uyumak yok!"

Suçlu suçlu susmuştu Gececi Murat. Burada Çolak Hamdi, yapılacak hiç bir işin kalmadığını çoktan anlamış, uyumağa başlamıştı bile. Kalem Şakir de anlamıştı ama, bu oyun nasıl bitecekti acaba? Üstelik oyunun kişisi çok yakın arkadaşıydı. Ne var ki gecenin ayrıntıları üzerinde kendisiyle görüşme gereksinimi duymamıştı. Belki de onu kendisinden ayırmadığından... Alınganlığın yeri yoktu gönül işlerinde. Gel gelelim yakışır mıydı, Refüze gibi bir dosta... Arkadaşlık ölmüş müydü?

"Hişşşt, Refüze!.."

Güdük Necmi, sokağa bakan pencerelerden birini açmıştı. Eğilip bakınıyordu. Refüze Ekrem'in yolunu bekliyordu.

Duyurmuşa benziyordu sesini.

"Müdür dolaşıyor, çek git... Ne, para mı? On dakika sonra bu pencerenin altında bekle... Kaç lira yeter?.. Anladım! Toplarım arkadaşlardan!"

Şaşılacak şeydi! Bütün yatakhane uyanıktı demek!... İlericisi, gericisi, Süleymancı'sı, Nurcu'su, uyanmışlardı, kimisi dolaplara kadar gidiyor, kimisi pijamasının ceplerini karıştırıyordu. En azdan beş günlük otel parası toplanmış olmalı ki, Güdük Necmi belli saatte pencereyi açtı. Bir mendile sarıp sarmaladığı paraları atarken:

"Bütün Hababam Sınıfı'nın sevgileriyle..."

Ne çare ki bu içtenlik Güdük Necmi'yi gecesini revirde geçirmekten alıkoymamıştı. Müdür, ertesi gün hiç acele etmemiş. Refüze Ekrem öğle yemeğine gelince, onunla birlikte Güdük Necmi'yi de odasına çağırtmıştı. Gecenin tanığı olan Maraton Raşit de sağ yanında yerini almış bulunuyordu, en azdan sıkıyönetim savcısı yetkisiyle!

"Söyle!" dedi Refüze Ekrem'e, "Geceyi hangi otelde geçirdin demiyorum, yatakhaneden toplanan parayla İstanbul'un

Etap Oteli dahil, herhangi kral odası bulunan mütevazi bir otelinde kalabilirdin. Onu geçiyorum. Sağına soluna aldığın o iki kızla Theodorakis'e ne maksatla gittin? Kimin davetlisi olarak?"

"Yanımdaki kız arkadaşımı tüm sınıf arkadaşlarım tanır, sizin çok iyi bildiğiniz süpermarketçi Ocaklılar'ın yakını Selman Ocaklı da tanır, size mutlaka duyurmuş olacaktır, o gece müzik dinlemeye gideceğimizi."

"Kısa kes! Sormadığım soruları kurcalamaya kalkışma! Fazla kurcalarsan, altından lahmacun ayaklanması, açlık orucu, suskunluk grevi çıkar. Şimdi geçici bir uzaklaştırmayla yakanı kurtarmak ihtimali varken, okuldan atılmakla da kurtaramazsın o zaman yakanı! Doğru Mamak! Söyle, hangi örgütün davetlisi olarak gittin?"

"Ben hangi örgüte girebilirim ki?.. Kış-yaz buradayım. Bizim ne birliğimiz var, ne derneğimiz. Kızılay'la Yeşilay kalıyor ki, ilkokuldan beri Başöğretmenimiz para keser dururdu. Herhalde ben Kızılay Derneği'nin bir üyesiyim. Aldığımız karnelerde bile Kızılay pulu yapışırdı."

"Karıştırmaaa!.. Sana Kızılay'ı soran mı var, burada... Nereden biliyorsun bu Yunanlı çalgıcıyı?"

"İyi adammış, Başbakanımız söyledi. Barışçıymış!"

"Barışçıları karıştırma!"

"Çok iyi mandolin çalarmış. Ben de çalarım da.. Siz bilmezsiniz, ama Başbakan bilir. Gazetecilere övmüş bu türkücüyü. Gidin dinleyin demiş. Öbür Yunanlı türkücülere benzemez demiş. Dostmuş bizimle..."

"Bizimle, değil mi? O bizimle dost olabilir, ama biz kimseyle dost olamayız. Bizim bir tek dostumuz var, NATO!.. Yani Amerika! Biz yalnız Amerika'nın dostuyuz!"

"Sayın Müdür'üm, Amerika kimin dostu?"

"Biz ona böyle bir soruda bulunursak, alınır, kuşkulanır bizden. Hâlâ bir kuşkunuz mu var benden diyebilir sonra! Biz büyükleri saymak zorundayız. Geleneğimiz bunu gerektirir. Türk'üz biz, doğruyuz, çalışkanız! İnanmazsanız Almanlara sorun çalışkanlığımızı! Yasamız, büyüklerimizi saymak... Öyle değil mi, Raşit Bey?"

"Ya küçüklerimizi Müdür Bey?"

"Küçükler, hiçbir şey soramaz büyüklerden! İster sever, ister sevmez! Onların bilecekleri şey! Raşit Bey, bu çocukları hep böyle saygısızlaştıran, bir araya gelmeleri... Bir araya geldiler mi, hemen bozulup bozguncu kesiliyorlar, anarşist oluyorlar. Bunların ilk sosyalist şairi Fikret bile, hak bellediğin bir yere yalnız gideceksin demiş! Tek başına! Soruyorum Raşit Bey'ciğim, Theodorakis denen müzikçinin kasetleri yok mu?"

"Olmaz olur mu Sayın Müdür'üm? Bantları da var, plakları da!"

"Peki, neden verdikleri bilet paralarıyla bu kasetleri almıyorlar? Almazlar Raşit Bey'ciğim, almazlar! Alıp da tek başlarına çalmazlar. İlle de bir araya gelip, birbirlerini kışkırtacaklar! Çileden çıkaracaklar... Sokaklara dökülüp vitrinleri indirecekler, kapı-pencere kıracaklar... Bir duyguya beş bin, on bin kişi ortak oldu mu, bu duygu beş binle, on binle çarpılınca, bu kalabalık da çarpılır, ne yaptığını bilmez olur. Ben devlet olsam, bu adamları bir arada müzik dinlememeleri için bütün konserleri kaldırır, bir merkezden yayın yapar, onları bir araya getirmeden tek tek walkmenlerle dinletirdim. Her filmin, her tiyatronun nasıl olsa videosu, kaseti, bandı çıkıyor. Tak walkmen'in kulaklığını, kuzu kuzu dinle! Yasak bir araya gelmek... Bu okulda öğretmenler toplantısında öneride bulunacağım. Her koyun kendi bacağından, her genç kendi boğazından asıldığına göre, bir araya gelip

Thedorakis'i, Ruhi Su'yu, Ahmet Arif'i, Sait Faik'i, Hasan Hüseyin'i, A. Kadir'i, Suat Taşer'i, Faruk Toprak'ı, Cahit Irgat'ı, Akıncıoğlu'nu, Enver Gökçe'yi, Orhan Kemal'i dinlemek de ne oluyor?

Evet Raşit Bey'ciğim, tüzük çıkaracağım, Meclis'e girince de yasa önerisi vereceğim... Terlik yasası... İki terlik bir araya gelemez! Terlikler, bir çift terlik bile.. Biri yatağın başucunda duruyorsa, ikinci terlik yatağın ayak ucunda olacak! Yasanın adı, Tek Terlik Yasası!"

Maraton Raşit düşünüyordu, yalnız terlik mi?

"Ya çizme için de bir yasa..."

"Çizmeye, çizme giyenler karışır! Ben onların çizmesine karışırsam, haklı olarak, terlikten yukarı çıkma, diyebilirler bana! Ama terlik yasası çıkarabilirim, Tek Terlik yasası!.. Ve derim ki, devletin, milletin huzuru, selameti söz konusu ise... Hattâ okulun düzeni... Terliklerin çifti bir araya gelemez derim, bu yasada!"

"Ayrılmazlarsa?"

"Onları bir kışkırtan var demektir! Onları kışkırtan.. Kışkırtıcıları, bozguncuları bulur, ipe çekerim! Kışkırtmalara kapılan terlikleri de tek tek dama atarım. Mahpus damına! Her terliğin kapısına da bir kilit... Bu toplumu, toplumculuk değil, tek tekçilik huzura kavuşturur. En kısa zamanda Anayasa değil, Tek Terlik Yasası!"

Müdür yapacağı büyük girişimin coşkusu içinde birden doğruldu:

"Evet Raşit Bey!" dedi, "Konuşmamız bitti. Çocuklar! Doğru revire! Disiplin kuruluna veriyorum sizi! Çıkın dışarı! Durun! Bir arada değil, tektek!"

YORGUNLUK KAHVESİ

Bahçenin bir köşesinde kış güneşinden yararlanan arkadaşlarına seslenen Domdom Ali:

"Çocuklar!" dedi, "Kel Mahmut'un odasına bir kız girdi ki... Kız yani..."

"Nasıl kız? Üstü-başı, boyu-posu?.." diye sordu, Güdük Necmi.

"Sen sus!" dedi Kalem Şakir, "Daha yeni çıktın revirden... Hâlâ kız ha!.."

Domdom Ali, araya giren kalem Şakir'in laf çiftleştirmesini duymazlıktan gelerek:

"Nasıl kız?" diye yineledi.

"Kız gibi kız işte! Ben kız dedimse, sıradan kız değil, terlikle mahalle bakkalına tursil almaya giden eteği düşüklerden değil!"

"Yani Kel Mahmut'un kapısından kuyruk mu olalım şimdi?"

"Refüze, sen anlarsın bu işlerden! Git gör şunun övdüğü kızı! Sakın asılma haaa!.. Söylerim Sevim Ablamıza!"

"Sınıf adına ben gidiyorum!" dedi Palamut Recep, "Zaten Kel Mahmut'la işim var. Yanına kadar gidip dikiliyorum, masasının başında... Eğer şişirdiğin kadar değilse, tükürürüm yüzüne!"

"Görünce çarpılmazsan eğer..."

Durumundan kuşkulanan Çolak Hamdi, korka korka sordu:

"Domdom Ali be! Sarışın da, uzunca boylucana mıydı?"

"Üstüne bastın! Tam mostrasını verdiğin gibi... Vukuatlı mısın?"

"Şu arka sokaktaki kız olacak. Bu cumartesi vapur iskelesinde adını sorayım diye yarenliğe kalktığım kız. Biliyor benim kel Mahmut'un adamı olduğumu! Ne kadar olsa, komşumuz!"

"Adam dışarlıklı, benim gibi..." dedi Karahan, "Yontulmamış ki... Kim bilir, adını öğrenmeden kızın, koluna girmeye mi kalkışmıştır!"

"Ulan ayı! Dağdan inmedik biz! İki yıldır asfalt çiğniyoruz şu koca kentte!"

"Bizim orda asfaltı inekler çiğniyor artık, otlağa giderken... Şaban'cığım, laf atmıyorum sana! Asfalttan gidiyor ortalamaya afedersin, bizim köyün sığırları!"

Hababam Sınıfı çene yarıştırırken, Palamut Recep, Kel Mahmut'un odasından dönmüştü bile... Anlatmaya hiç de iştahlı görünmüyordu. Usulca karışmıştı kalabalığa... Karga Bekir, Tulum Hayri'cilerden olduğu için:

"Heeey Palamut Recep!" dedi, "Raporunu vermeden yakanı kurtaramazsın! Anlat!"

"Neyini anlatayım?" dedi suçlu suçlu, "Mahmut Hoca'nın kızıymış. Babasından dershane parası almaya gelmiş!"

"Deme be!" dedi Temel Melemet, "Dershaneye gidiyor haaa!.. Demek şu kadar yıllık öğretmen, arkadaşlarına haraç veriyor kızını okutmak için!"

"Kız koparabildi mi istediği parayı?" diye sordu okulun kalecisi, Sırım.

"Üzülme, verecek aybaşında kızına!"

"Vah benim Kel Mahmut'um, vah!"

"Demek o da geçim darlığı çekiyor, okul kazanından bol kepçe nasiplenmek yetmiyor ona!"

"Ama söz verdi Başbakanımız, kurtaracak öğretmenleri. Bu yılbaşından sonra en az aylık alan öğretmen, seksen binden aşağı para almayacakmış... Vergi iadesiyle yüz bin!"

"İçtiği sigaranın, bindiği minibüsün kadevesiyle köşeyi döndü demektir öğretmen!"

"Ben Kel Mahmut'un yerinde olsam bırakırdım yemekhanenin kayıntısını, kızının okduğu dershaneye hoca olurdum ya da yeni açılan özel liselerden birine geçerdim."

"İkinci ders tarih!.. Derste hatırlatırsın Hoca'ya, çok sevinir!"

Güneşin tadı, tuzu yoktu. Birer-ikişer girdiler sınıflara.

Bugün Müdür yoktu okulda. Milli Eğitim'den çağırmışlardı. Böyle zamanlarda bir gazetede yazı işlerinde çalışan öğrencisi telefonu açar, okullarla ilgili haberler verirdi.

Adnan Güçlü'den telefon beklerken, Ankara'dan arandığını öğrendi. Gene bir öğrencisi arıyordu, ama Adnan değildi, İhsan'dı. Müfettiş İhsan Çölgeçen... Şu Deve diye takıldığı. Biraz da gülümseyerek sordu:

"Ne var oğlum Çölgeçen?"

"Çok üzgünüm!" diye bir yanıt geldi İhsan'dan, tam tersine.

"Sakın haaa!" dedi, "Hiçbir şey üzülmeye değmez oğlum!"

"Elde değil! Kendim için olsa değmez ama Sayın Öğretmenim, başkaları, hele çok saygı duyduğum kişiler olunca, iş değişiyor, üzülmemek elden gelmiyor. Söz gelişi, siz Sayın Hoca'mız için. Verdiğim raporu evirdiler, çevirdiler, disiplin kurulu, sonra Encümen... Siz de, Sayın edebiyat hocam Cafer Bey'e de işten el çektirdiler..."

"Yani?"

"Yani Sayın Hocam, ikinizi de meslekten uzaklaştırdılar!"

"Nasıl olur oğlum, ortada meslekten uzaklaştırmayı gerektiren ne gibi bir suç var ki..."

"Suç aranırsa, buluyor onlar... Kendileri gibi düşünmemek... Yalnız bu arada bizler, sizi çok sevenler, bir formül bulduk..."

"Ne gibi formül?.."

"Karardan önce siz, yani ikiniz, emekliliğinizi istemiş olacaksınız..."

"Yani ölümden söz açıp, sıtmaya razı etmek öyle mi?"

"Formül, formüldür Sayın Hocam!"

"Öyle diyeceğiz artık!"

"Şimdi her iki hocamdan da ricam..."

"Sıtmaya razı olmak, öyle mi? Sana şunu söyleyelim. İhsan Bey oğlum. Ben eninde sonunda sıtmaya razı olurum da, bizim Cafer Nuh der, Pemgamber demez!"

"Ben de ondan korkuyorum ya Hocam!"

"Bu arada gene de sizin Bakanlığa güveniyorum, Bakanlığın tutarlı oluşuna... Yanlış anlama! Tam tersi... Tutarsızlığına güveniyorum yani! Dün bir gazetede okudum, hem de başyazı olarak... Yazının adı: Yazboz Tahtası... Sizin Bakan'la onun Müsteşar'ı, gazetelere ayrı ayrı bildiri vermişler... Her ikisi de Milli Eğitim'de bir reformdan yanaymışlar ama ne reformu? Liselere öğretmen gerekiyormuş ama, hangi kaynaktan yetişsin?.. Açıkçası, İmam Hatip liselerinden mi kaynaklansın, genel liselerden mi? İnglizce öğretmeni kalksın da, yerine video mu gelsin, yabancı hocalar mı?"

"Öyle ya!" diye sürdürdü Mahmut Hoca, "İmam Hatip okulları nasıl olsa İngilizce öğretmeni yetiştirmiyor... Oturt onun yerine kaseti! İşlerine hangi dersin öğretmeni gelmiyorsa, yallah! Yerlerine kasetler bilgisayarlar..."

"Yooo Hocam, sizin kasetiniz yok!.."

"Doğru!" dedi, "Biz taş basması plaklarız... Sahibinin Sesi! Peki İhsan Bey oğlum, Cafer Bey'le konuşayım. Yola getirebilirsem dilekçelerimiz hemen bakanlıktadır. Eğer dilekçe tek geliyorsa..."

"Sayın Hocam, sağlıklar diler, ellerinizden öperim. Sizinle her zaman övüneceğiz!"

"Sana da başarılar!"

Kel Mahmut, hademelere emir vermişti. Cafer Hoca'yı okula girer girmez odasına getirmeleri için...

"Beni çağırmışsın!" dedi, çantasını masaya bırakırken. "Ufak-tefek işler için çağırmazsın beni! Gidiyor muyuz yoksa?"

"Evet, gidiyoruz!" dedi.

Emekli dilekçesinden hiç söz etmedi. Tanzimatçı, Ziya Paşa'cı, Namık Kemal'ci, Susak Cafer'di o!

"Dönersem kahpeyim millet yolunda bir azimetten!" dedi.

"Hiç kuşkum yok bundan!"

"Ya sen?"

"Ben taksite razı oldum! İstersen seni de taksite bağlayabiliriz. Bu iş buraya kadar, bu dereden bu kadar balık avlanır, der, emekliliğimizi isteyebiliriz?"

"Kimden? Hükümetten mi, devletten mi?"

"Biz Muallim Mektebi'ne girerken sözleşmeyi kiminle imzaladık? Devletin göndereceği köy, kasaba, her yerde Türk çocuklarını okutacağım, diye noterde sözleşmeler doldurmadık mı?"

"İmza ehliyetine haiz olmadığım için kefil buldu babam... Memur olduğu için onun kefilliği geçerli değildi. Meyhaneci Ragıp imzaladı mukavelemi. Okullar bitinceye kadar meyhanenin önünden geçemedim. Okul bitti, bu kez de aybaşlarında uğrayamadım."

"Evet Cafer Bey, şimdi de emekliliğimizi isteyecekmişiz! Senin sahneye çıkardığın öğrencin, Müfettiş İhsan öyle söylüyor, Ankara'dan. Hemen yazacağız emeklilik dilekçelerimizi!"

"Onlar, bizim yetiştirdiğimiz genç nesil! Yanılsalar bile kötü niyetli olamazlar. Yazalım Mahmut Bey'ciğim!"

Son kez Hababam Sınıfı'ndaydı dersi Cafer Hoca'nın. Çantasını koltuğunun altına sıkıştırıp vurdu merdivenlere. Çocukların henüz hiçbir şeyden haberi yoktu.

"Günaydın çocuklar!" dedi. "Görüp ahkâm-ı asrı münharif sıdkıselametten... Çekildik izzet ü ikbal ile bab-ı hükümetten! Yani... Söyle Hamdi, ne olmuş?"

"Yani Hocam, çağımızın değer yargılarını, doğruluktan şaşmış görünce, siz de tüm görkemiyle hükümet kapısından çekilip gitmişsiniz!"

"Ya, işte böyle!"

"Yani Hocam" dedi İnek Şaban, "Bizi bırakıyor musunuz?"

"Hey anam, şu sınıfa bak be! Nasıl bırakıp gidersin böyle sınıfı?"

"Etmeyin Hocam, bırakmayın bizi!"

"Kilab-ı zulme kaldı, gezdiğin nazende sahralar..."

Gerisini anımsayamamış gibi bir süre durdu, Cafer Hoca, arka sıralara baktı. Hepsi bir arada küme halinde oturan Süleymancılar'ı uzun süre süzdükten sonra, gerisini anımsamış gibi bir dize daha söyledi:

"Köpektir zevk alan sayyad-ı biinsaf hizmetten! Anlaşılmayacak bir yanı yok bunun! Sayyad, avcı demek... Biinsaf da insafsız... Yani..."

Güdük Necmi getirdi gerisini:

"Acımasız... Acımasız avcı..." dedi.

"Peki, kilap ne demek?.. Kilab-ı zulm?"

"Bunun bimeyecek ne var Hocam?" dedi Güdük Necmi, "Kilap, köpekler... İnkılap da, köpekleşme demek herhalde..."

"Onun soran yok sana! Kilab-ı zulm ne demek, onu söyle!"

"Zulum köpekleri... Yani işkence, acı çektiren..."

"Aferin Necmi! İş vardır bu Tanzimatçılarda... Doğu'yu da bilirler, Batı'yı da... Ziya Paşa'lar, Namık Kemal'ler, hattâ Şinasi'ler... Beldeleri, kâşaneleri de görmüşlerdir, mülk-i İslamda viraneleri de... Gördüklerini yerli yerine koymasını da bilmişlerdir. Bildikleri bir yana, Batı uygarlığının özlemini çeken büyük adamlar yetiştirmişlerdir, çağın gençleri arasından... Kemal Paşa'lar gibi..."

"Hocam", dedi Kalem Şakir, "İzin verirseniz bir sorum olacak size..."

"Sor bakalım, belki de son sorun olacak bu!"

"Sizi kaç yıldır tanırız. Eskiye bağlı olduğunuz halde, eski olmadığınızı, ileriye dönük, aydınlık bir öğretmen, daha doğrusu hoca olduğunuzu da iyi biliriz... Ama bu nasıl oluyor, bunu anlayamıyoruz işte!"

"Kolay çocuklar, çok kolay! Ben zevk bakımından eskiyim, ama görüş bakımından eski değilim! Benim gericiliğimden kuşkulanmıyorsunuz, değil mi? Ben olsam olsam tutucuyum! Benimsediklerimi muhafaza eden, koruyan! Siz benim genç şairleri de okuduğumu, içlerinden birçoğunu sevdiğimi de bilir misiniz? Ben Orhan Veli'yi şahsen de tanırım, ama bir Hasan Hüseyin kadar, bir Ahmet Ârif kadar sevemem! Ben edebiyat hocası olarak geldim, edebiyat hocası olarak gidiyorum. Kendi kültürümüzün tutucusuyum önce. Şairden sorumluluk beklerim, çağının sorumlusu olmasını isterim. Rumelihisarı'na oturmak, oturup da bir türkü tutturmak yetmez! O yıllarda şiir yazmış, yazdığı şiirden ötürü de mesleğinden olmuş bir şair, kötü şiir yazdı diye atılmamıştır işinden!"

Onun uğradığı bu haksızlık, işlevini daha da manalandırıyor, değil mi çocuklar."

Zille birlikte çantasını kucaklamıştı Cafer Hoca:

"Şimdilik hoşça kalın çocuklar!"

Hababam Sınıfı'ndan çıktıktan sonra, Kel Mahmut'un odasına girmeyi düşündü ilkin. Öğretmen odasına girip oturmayı daha uygun buldu. Öğrenmişlerdi dilekçelerinin yazıldığını. Gerisi raporla da sonuçlanırdı artık, ipini sağlam kazığa bağlayanların güvenli dinginliğiyle Hafize Hanım'ı çağırdı:

"İki az şekerli Hafize Hanım'cığım! Birini Mahmut Bey'in... Odasına bırakıver, yorgunluk kahvesi..."

Her ikisi de hak etmişlerdi bu kahveyi... Tam otuz beş yıllık yorgunluktu bu.

Mahmut Alnıgeniş, tam Hafize Hanım'ın önüne koyduğu fincana elini uzatırken, telefonun zili çalmıştı. Adnan Güçlü'ydü, yazı işlerinden.

"Sayın Hoca'm", diyordu, "Haberi bütün ayrıntılarıyla topladı çocuklar. Size benden yeni bir haber!"

"Ne haberi?" dedi şaşkınlıkla.

"Günde iki saat tarih dersi... Dört saat da olabilir ama... Sizi fazla dersle yormak istemiyoruz... Dershane sahibi çok yakın bir arkadaşımla düşündük... Asıl önerimiz, yönetmenlik için... Müdürlük... Şu kadar yıldır hep muavin... Hep müdür yardımcısı... Bu sizin için aynı zamanda bir terfi... Bir yükseliş... Ne bileyim, bir ilerleyiş..."

"Sağol Adnan'cığım, ama... Nasıl olur..."

"Emeklilikten alacağınız para nedir ki... İki kızın tahsiline yetmez. Biri üniversitede, biri dershanede, hazırlık kurslarında... Kaçırmazsınız diyorum bu güzel öneriyi, Hoca'm!.. Bir de şu kadar yıllık işten uzaklaştırılınca boşta kalmak... Boşlukta kalmak da var sayın Hoca'm..."

"Evet, en önemlisi de bu...? Henüz elim ayağım tutarken... Birden böyle boşta... Boşlukta... Otuz, otuz beş yıl bu... Her gün çocuklarla, öğrencilerimle.. Dinlenmek de hakkım, birazcık da... Bir süre... Hele Adnan'cığım, şu yorgunluk kahvesini içime sindire sindire içmek... Son defa işimin başında, masamda..."

"Sayın Hoca'm, sizi hep böyle işinizin başında... Bu kez Müdür olarak... Bizleri, biz öğrencilerinizi sevindirmiş olacaksınız..."

"Önce şu kahveyi... Şu yorgunluk kahvesini...?"

Soğumuş olan kahveye uzandı. Getirdi dudaklarına, bir yudum aldı:

"Ooooh be!"

MAHMUT HOCA'NIN SON KONUŞMASI

Palamut Recep, son dersten sonra Kel Mahmut'un odasına girdiğinde, onu çekmecesini karıştırırken bulmuştu. Masanın üstüne gelişigüzel atılmış defterler, kitaplar, bir hazırlık içinde olduğunu gösteriyordu.

"Söyle Recep!" dedi, "Hababam Sınıfı'ndan yeni haberlerin mi var?"

"Sayın Hocam, sınıfımızdan her zaman için yeni haberlerimiz olacaktır. Sizi hiç unutmayacağız. Yalnız bizim sınıf değil, bütün okul!.. Biraz sonra tüm sınıfların başkanları, üçlerden birlere kadar, A'ları, B'leri, C'leriyle gelecekler... Bir konuşma yapmanızı isteyecekler..."

"A'ları, B'leri, C'leriyle tüm sınıf başkanları gelsinler, son defa..."

"Onlar beni gönderdiler, arkamdan sanıyorum kendileri de gelecekler... Sizden tüm çocuklar için bir konuşma... Salonda..."

"Salonda olmaz... Müdür yok okulda... Müdür yokken ben konferans salonunu açamam... Yani tiyatro salonunu... Olmaz..."

"Biz de spor salonunda toplanırız..."

"Spor salonunu mu dediniz?.. Ben bu salonda ne konuşurum sizlerle... Ağların, basket tahtalarının altında... Ayaküstü, öyle mi?"

"Siz orasına karışmayın Efendim. Biz gerekirse oturacak yer buluruz... Size gelince, başımızın üzerinde yeriniz var... Gitseniz de, kalsanız da..."

Mahmut Hoca'nın yüzü gülmüştü:

"Peki Recep!" dedi, "Söyle sınıf başkanlarına..."

Palamut Recep kapıyı ardına kadar açtıktan sonra:

"Gelin arkadaşlar!" dedi, "Sayın Mahmut Hocamız bir konuşma yapacaklar!"

Sınıf başkanları açılan kapıdan dolmuşlardı odaya.

"Çocuklar!" diye başladı Mahmut Hoca, "Recep arkadaşınız okul adına siz sınıf başkanlarıyla kucaklaşıp ayrılmamızı yeterli bulmadı..."

"Tüm okulla... Arkadaşlarla..."

"Ne var ki... Çocuklar... Üzülerek söylüyorum... Okulda Müdür yok... Belki de Ankara'da... Niçin mi gitti, bilmem... Onun yardımcısıyım, ama, onun işine karışma yetkim yok... Yardımcısı olduğum için, o benim işime karışacaktır. Hep öyle oldu, gene öyle olsun, çocuklar, burada, okulda yokken bile..."

"Sayın Hocam!" dedi Palamut Recep, "Spor salonunda..."

Tüm başkanlar yinelediler:

"Spor salonunda!..."

"Peki" dedi, "Uzatmayalım çocuklar! Bir saat sonra son konuşmamı yapmak üzere..."

"Sağolun Hocam! Bir saat..."

Geldikleri gibi hızla odayı boşalttılar... Hemen kapının önünde, Palamut Recep'in çevresinde toplandılar:

"İlk iş, yemekhane sıralarının spor salonuna taşınması... Tüm sandalyelerle birlikte... Sonra... Tüm Müdür'ün odasına giden yol halıları... Önce bunlardan başlayalım işe... Sonrası salonda..."

"Çıt çıkarmadan arkadaşlar... Sayın Hocamız bile duymayacak... Gel Şakir, bu arada Müdür'ün odasındaki masayı da biz taşıyalım seninle... Gel Şaban Şenol... Eline yakışır senin. Masanın üstündeki vazoyu, sürahiyle birlikte sen götüreceksin... Bardağını da unutma! Eğer kırarsan, ben de senin..."

"Güdük Necmi alsın onları, bana kırılmayanlardan verin!"

"Tamam... Atatürk'ün duvardaki o Kocatepe resmini de sen al! Zaten yakışmıyordu o resim Kocatopçu'nun odasına! Haydi, durma!... Sen Sidikli Turan... İndir şu perdeleri!"

"Bugün Sidikli Turan'ın sidiklerini almayacaksın ağzına... Söylerim Kel Mahmut'a giderayak..."

"Peki canım! İndir şu perdeleri! Kornişlerini bozmadan. Elin yakışır böyle işlere senin! Haydi çabuk olun biraz, Hocamızı bekletmeyelim!"

İkiye bölünmüşlerdi başkanlar. Yarısı yemekhaneye inmişti, masalar için... Yarısı da spor salonuna masaları yerleştiriyordu. Palamut Recep, Kalem'i, Refüze Ekrem'i yanına almış, salonun en görünümlü yerinde sahne hazırlatıyordu. Öyle bir şano olmayıdı ki bu, Topçuoğlu'nun cumbullulu şanosundan aşağı kalmamalıydı.

Önce yemekhane sıralarından en düzgünleri seçilip yan yana getirildi bir kapını önüne... Kapı, sahnenin giriş çıkış kapısı olmalı, bir perdeyle içerden kapatılmalıydı. Topçuoğlu'nun penceresindeki perdeler, bu iş için çok elverişliydi. Müdür odasına gider ayak halıları da üzerine yayılınca, Devlet Tiyatrosu'nu aratmaz olmuştu. Spor salonunun bu işin meraklıları için yeterince yeri vardı. Çok meraklılarsa gelenekleri gereği ya yerde otururdu, ya ayakta dikilirdi. Yemekhane sıralarının sahne dışı kalanları, en arkalarda oturacak, yer açığını kapatacak sayıdaydı.

Mahmut Hoca, düşünemeyeceği görünümde bir spor salonuyla karşılaşınca, şaşırıp kalmıştı. En büyük karşılaşmalarda bile bu denli kalabalık olmamıştı bu salon. Kimin oturduğu, kimin ayakta durduğu belli olmuyordu bir bakışta. Birbirlerineperçinlenmiş öğrencilerden oluşan tek bir küme...

Törenin yöneticilerinden Refüze Ekrem:

"Kalkın arkadaşlar!" dedi. "İstiklal Marşı!"

Herkes ayakta olduğu için ufak bir dalgalanma oldu. Tek bir dalga kabarıp oturdu, o kadar.

"Korkma sönmez bu şafaklarda yüzen al sancak!"

Marşın başında Refüze Ekrem, Kalem Şakir'in kulağına eğildi:

"Şakir be!" dedi, "Hani nerede al sancak? Okuldaki tüm bayraklar sahneye, salona... Duvarlara!"

Marş bitmeden en büyüklerinden beş bayrak sahnenin en uygun yerlerine asılmıştı. Tam zamanında getirilen bayraklar, mizansen gereği asılmış gibi geldi çocuklara. İster istemez alkışladılar. İstiklal Marşı'nın alkışlanmadığını bildikleri halde. Bu alkışın gerçek sahibi ne Akif'ti, ne de marş... Bir unutkanlığı eyleme çeviren Refüze'yle, Kalem'di. En önemli eylemler de kimi unutkanlıklardan doğmuş değil miydi?

Marş bitmişti, ama Mahmut Hoca hâlâ kendine gelememişti. Demek bu okulda böyle görkemli bir salon vardı haa! Bu bayraklar, duvardaki Kemal Paşa'nın Kocatepe'deki resmi... Sonra gene Atatürk'ten resimler... Gülhane Parkı'ndaki alfabe öğretmenliği... İlk Meclis'in açılma törenleri... 1923 Cumhuriyet'in ilanı!

"Hocam, buyrun!"

Refüze Ekrem sahnede bir sürahi ile bir bardak gösteriyordu ona... İçinde yeni konmuş, tapteze, buram buram tüten kıpkırmızı bir karanfil... Öylesine kokan bir karanfil ki, kokusu burnunun direğini sızlatarak yüreğini doldurmuştu.

"Benim haylaz çocuklarım, haytalarım!" diye başladı, "Meğer sizler ne akıllı çocuklarmışsınız! Bana böyle bir tören hazırlayıp beni son defa konuşturduğunuz için, hepinizi tek tek öper, kucaklarım. Sizlere böyle seslenirken, bu sıralardan gelmiş geçmiş ağabeylerinizi, babalarınızı da anımsayarak söylüyorum. Az önce odamda bir yorgunluk kahvesi içtim. Bu kahvede, onlardan kalma, sizlerin de yeni verdiğiniz yorgunluklar vardı... İçtim, hiçbir yorgunluğum kalmadı... Tam otuz, otuz beş yıllık yorgunluk çıktı gitti... Hele şu hazırladığınız töreni de gördükten sonra...

Çocuklar, sizin içtenliğinize güvenerek içimi dökeceğim sizlere... Ben ilkokulu bitirir bitirmez düşünmüştüm öğretmenliği... Kurtuluş Savaşı'nın son yıları, son aylarıydı. Bir Karadeniz ilçesindeydim. Başöğretmenimiz, son sınıf öğrencilerini Kaymakamlığın açtığı haberleşme odasında çalıştırırdı. Anadolu Ajansı'nın cephe haberlerini Başöğretmenimiz Hilmi Bey okur, kopyalı kâğıtlara yazardık. Kaymakamlık, bütün muhtarlıklara dağıtırdı bu yazdıklarımızı. İster istemez savaşın içinde olurduk böylece... Hepimiz birer küçük Kuva-yı Milliyecikdik. Bu hava içinde bitirdim ilkokulu. Amacım, başöğretmenim gibi bir öğretmen olmaktı. Biz öğretmen okuluna bu amaçla başvurunca, benden ilk istenen belge, okulu bitirince devletin gösterdiği yerde öğretmenlik yapmayı üstlenme sözleşmesiydi. Devletle sözleşmeli bir öğrenci olarak bitirdim öğretmen okulunu... Beni bir isyan bölgesine atadılar... Gitmemezlik yapamazdım. Altı yıl, Atatürk'ün istediği doğrultuda ilkokul öğretmenliği yaptım. Daha yüksek okullar için yeniden sınavlara girdim. Amacım değişmemişti. Devletin gösterdiği her yerde öğretmenlik yapmak... Köyde, kentte... Bu kez sözleşmeyi doğrudan doğruya ben izmaladım. Köyde, kentte, türlü yoksunluklar içinde sözümü yerine getirmek için görevimi sürdürdüm...

İşte çocuklar, sizinle böyle bir konuşma yapmak durumuna düştüm en sonunda. Bilmem bağışlar mısınız hocanızı? Bizi yetiştirenler, bize güç verenler, koşullar ne olursa olsun direnmemizi öğütlemişlerdi. Çok sevdiğim işten ayrılıyorum böylece... Şunu açıklıyorum, ben devlete karşı verdiğim sözü yerine getirdim. Ben koşullar ne olursa olsun, bana kazandırılan beceriyi, bilgiyi, deneyimleri sürdürmeye çalıştım. Bu bakımdan gönül dinginliğiyle ayrılıyorum sizlerden...

Sakın ha devletten bir yakınmam olduğu sanılmasın... Ne yazık ki sözleşmeyi devletle yaptığım halde... Pek devletle yüz yüze gelmedim. Hep siyasi iktidarlarla yüz yüze, hayır, karşı karşıya geldim. Partilerle, parti temsilcileriyle, partisi adına konuşan, davranan güçlerle, bu güçleri kendisiyle özdeşleştiren kişilerle... Onların ters konuşmaları da çalındı kulaklarımıza... Radyolarda, televizyonlarda yaptıkları konuşmalar... Söz gelişi devlet bizim hizmetkârımızdır gibi... Biz demek sözleşmelerimizi bu hizmetkârlarla imzalamışız, öyle mi? Oysa biz devleti baba bilirdik, çocuklar... Babamız gibi sever, sayardık... Yine bir gün, siyasal iktidarın en başındaki yetkili kişi, açıkça devlet neden babamız oluyormuş, devlet baba değildir demez mi?

İşte böyle çocuklar... Beni bir güç sizlerden uzaklaştırıyor, istemediğim halde... Gerçek olan bu! Yoksa bizi kimi güçler durmadan şaşırtıyorlar mı? Bugünlerde sanıyorum, yine böyle bir şaşırtmaca olayının içindeyiz. Üniversiteli ablalarınızı da şaşırtıyorlar... Başlarına bir türban olayı doladılar, kurtulmak isteseler de kimileri bu başörtülere türlü biçimler, anlamlar vermeye çalışıyorlar... Artık başlara dolanan bez parçası, yemeni olmaktan, başörtü olmaktan çıktı... Neredeyse ona türban adını verenler, kendilerini en ileri düşüncenin bir kahramanı, başlara dolanan bezi de özgürlüğün, demokrasinin simgesi, amblemi sanacaklar... Anayasamızdaki laiklik bile onlara bakarsanız düşünce bakımından geri kalmışlık anlamına gelmeye başladı.

Sizin anlayacağınız sevgili çocuklarım, sapla samanı belli ölçeklerde öylesine birbirlerine karıştırdılar ki sanmıyorum, kendileri de çıkamayacaklar işin içinden...

Son defa çocuklar, bir tarih öğretmeni olarak özür dileyeceğim sizlerden... Sizlere hep olanlardan, bitenlerden söz ettim bu dersin öğretmeni olarak... Olmakta olanlardan, olacak olanlardan söz etmedim... Yani günlük politika yapmadım... Ama şunu yapmak istediğim için böyle davrandım: Olmuş olaylardan yola girerek olacakları da bulup çıkarma becerisini kazandırmak için, sizlere... Bunu bir öğretmenlik yöntemi bildim.

Bundan sonra politikaya karışır mıyım? Çok geç olmakla birlikte, sizlere söz veriyorum çocuklar... Karışacağım! Politika hiç ihmal edilmeye, boşlamaya gelmezmiş... Kötü niyetlilerin cüretini, cesaretini artırmamaları için hep onların karşısında olmamız gerekirmiş! Atatürk size Cumhuriyeti armağan ederken, çocuklar, gidin, çelik-çomak oynayın, bütün gününüzü diskolarda geçirin demedi... Emanet edilene sahip çıkmanız gerekmez mi? Haydi çocuklar, o kadar çoksunuz ki.. Burada ve dışarda... Hepinizi teker teker öpüp kucaklayamam.. Yine sizin en demokratik yollardan seçtiğiniz sınıf başkanlarınızı öpeyim! Haydi çocuklar, aydınlık günler dileğiyle... Başarılar... Sevgiler..."

Okulun Kel Mahmut'u birden ayağa kalktı. Tüm salonu içine alan sıcak bakışlarla son kez öğrencilerine baktı. Artık hiçbir davranış beklemediğini bu bakışlarla anlatmış oluyordu. Hatta öğrencilerinden alkış bile...

Çocuklar birbirlerine vermiş oldukları sözü anımsamış olacaklardı ki spor salonunu en kısa zamanda boşalttılar... Önce yemekhanenin sıralarını taşımışlardı. Tam saatinde yemek zili çalmış, tüm öğrenciler yerlerini almışlardı.

GERİCİLERİN GÖVDE GÖSTERİSİ

Sıfırcı Sabri, Kel Mahmut'un masasına oturduğu gün, Palamut Recep, durumu Hababam Sınıfı'na açıkladı:

"Ne izin, ne rapor... Kel Mahmut, bal gibi öğretmenlikten de, müdür başyardımcılığından da atılmış bulunuyor. Bu acı gerçek, Hababam Sınıfınca böylece biline!"

Sınıf Başkanı Palamut Recep, açıklamasını bitirdikten sonra, durdu. Arkadaşlarının gözlerinin içine uzun uzun baktı. Sınıftaki türlü akımları anımsayarak bir özeleştiride bulundu: "Açık mı verdim acaba?"

Hemen inivermedi kürsüden. En yakındakilerden başlayarak sınıf arkadaşlarının gözlerinin içine uzun uzun baktı, bir sevinen de oldu mu, bu habere, diye.

Selman, şu marketçi, özel sektörcü Selman Ocaklı... Sonra... En yakın arkadaşları, Tulum Hayri... Yakup... Hasan...

Hele hele Adanalı Karahan... Antakya'dan gelen Süvari, Yakup... En yenilerden Temel sevinmiş miydi, bu verdiği habere?

Temel, tam tersine, gözleri sulanmıştı. Hep böyleydi bu Karadeniz'liler. Üzüntülerinde, sevinçleri, öfkelerinde de... Hemen açığa vururlardı içlerinden geçenleri... Sivas'lılardan Yamuk Osman:

"Anlaşılmadı..." dedi, "Neden ayrıldı Mahmut Hoca? Yani neden uzaklaştırıldı, durup dururken?"

Onun "Kel" demeyişi hoşumuza gitmişti, Mahmut Hoca'mıza. Bu nedenle:

"Osman'cığım!" diye başladı, Güdük Necmi, "Hoca'mızı hiç sevmezdi, senin adaşın, yani Osman Topçuoğlu. Tarihçiliğini de Müdür yardımcılığını da hiç tutmamıştı. Üstelik ona kızınca da ağzına geleni söylerdi."

"Hep bizim için katlanırdı bütün bu kabalıklara..." dedi, Yıkılmaz Hadi, "Olgun adamdı doğrusu!"

"Pekiii?" dedi, Dursun Sektirmez, "Yerine kim gelecek, tarihe?"

"Topçuoğlu bir kafadar bulmuştur, bir Sultan Hamitçi..."

"Neyse arkadaşlar!" dedi, Palamut Recep, "Geleceği varsa, göreceği de var. Yaşatmayız örümcek kafalıları!"

Sınıf Başkanı olarak biraz ileri gittiğini anlar gibi olmuştu:

"Siz Edebiyat kitaplarını açın şimdilik. Kulağıma çalındığına göre Seyfi Kilisli gelecekmiş, küçük sınıflara giden genç öğretmen... Dersimiz Serveti Fünun Edebiyatı, Cafer Hoca'nın, ders defterine yazdığına göre... Ya Fikret'ten başlayacak, ya Hâlit Ziya'dan, bu delikanlı..."

"Bir de genç birini görelim karşımızda..." dedi yeni gelenlerden biri...

"Bütün gençler senin gibiyse yandı gülüm keten helvam!"

Ertesi gün gerçekten susak Cafer'in yerine genç bir öğretmen gelmişti, Seyfi Kilisli öfkeli birine benziyordu. Genç şairlere mi kızıyordu, genç şairleri tutan zamane gençlerine mi, belli değildi. Neden kızıyordu, pek anlayamamıştık. Dilin özleşmesine bile kızıyordu. Fikret'ten başlayınca, biz her halde onu çok beğenecek, göklere çıkaracak derken iş tam tersi oldu. Fikret'in Ferda adlı şiirini diline dolayarak şairini batırıp çıkarmaya başladı:

"Ne diyor bu 'Ferda'sında Fikret, gençliğe seslenirken... Ferda... Yani gelecek günler senin diyor. Bu teceddüt, bu inkılap da senin.. Şimdi birçoklarının dediği gibi, biz de kalkıp bu Tevfik Fikret'e teceddütten, yani yenilikten yanadır diyebilir miyiz? İnkılap'tan sözediyor, diye birçoklarının dediği gibi devrimci mi, diyelim!"

"Gerici de diyemeyiz her halde..." dedi, Kalem Şakir..

"Ben bal gibi diyebilirim!"

"Neden öğretmenim. Mehmet Akif kızıyor, diye mi?"

"Öyle peşin yargı yok, çocuklar... Şimdi beni dinleyin de, sonucu siz çakarın! Hiç ilerici olan bir şair, Ermeni terörcü için övgü şiiri yazar mı? Söyle, yazar mı?"

"Yazmaması gerekir!" dedi Kalem Şakir!...

"Ama yenilikten yana olan, inkılapçı, yani bazıların dediği gibi devrimci, sosyalist olan Tevfik Fikret, bir Ermeni teröriste, 'Ey şanlı avcı, dâmını beyhude kurmadın... /Attın, fakat yazık ki, yazıklar ki vurmadın', diye yazıyor bir şiirinde."

Güdük Necmi, işi büsbütün karıştırmak için sordu:

"Öğretmenim!" dedi, "Bu şanlı avcı, tuzağını kimin için kurmuş, kimi havaya uçurmak istemiş de başaramamış?"

"Halife-i ruy-i zemin Sultan Abdulhamit, cuma namazından çıkıp arabasına binmek üzere giderken..."

"Gerisi anlaşılıyor, dedi Kalem Şakir, "Ermeni teröristin saatli bombası patlıyor, Abdülhamit çevresindekilerle konuştuğu için birazcık geciktiğinden canını kurtarmış oluyor. Şair de bu gecikmeye kızıyor!"

"Bu şair, sözüm ona barışçı... Savaşların karşısında... Din şehit ister, Asuman kurban diyerek, kan dökülmesinden yakınır da bu şiirinde şanlı avcıyı, yani Ermeni terörist avını haklayamadı diye üzüntülerini açıklar, böyle bir padişahı havaya uçuramadığı için..."

"Nasıl bir padişahı?" diye sordu Kalem Şakir, "İşte bütün sorun burda! Abdulhamit nasıl bir padişah?"

Onun vereceği yanıta gerek olmadığına inanan Refüze Ekrem:

"Nasılı masılı mı olur! Padişah oluşu yetmiyor mu?"

Öğretmen Seyfi Kilisli:

"Tam otuzüç yıl Osmanlı Devletine hizmet eden bir padişah..."

"Anlaşılıyor!" dedi, Güdük Necmi.

Anlaşılan padişah değil, genç öğretmendi. Hababam Sınıfı, Abdülhamit'i de biliyordu, Abdülmecitcileri de... Önemli olan şu çağda bir genç öğretmenin durumuydu.

Hela aralığında konuşturmayı sürdüren Erol:

"Pes, doğrusu! dedi, "Biz Susak Cafer'in yerine en azından Cumhuriyet döneminin şairlerini tanıyan bir genç Edebiyat öğretmeni ararken..."

"En azından Fransız şiirini, hececilerden sonra gelişen yeni Türk şiirinden yana bir genç öğretmen beklerken..."

"Hâlâ Fikret'in istipdat düşmanlığını din düşmanlığına, halife düşmanlığına dönüştürmeye çalışan... Gözlerindeki merteği görmeden Fikret'ten bir Amerikan uşağı çıkarıveren bir öğretmen..."

"En önemlisi..." dedi, Kalem Şakir, "Kendisini gerçekten genç sanan içi geçmiş çekirdeklerinin bile takır takır sallandığını kulağı duymayan bir moruk..."

"Bunlar not verecekler de sınıf geçeceğiz öyle mi?"

"Bereket versin ki efendileri, bunlardan daha akıllı... Sınıfta bıraktıklarını geçirmek için bir sınav, bir sınav daha...Seçim günlerine rastlarsa cabadan bir sınav daha..."

"O da olmazsa tek dersten borçlu gösterip metazori sınıf geçirmek..."

"En güzeli, Yök'çülerin yaptığı... Yüzde elli ders saatlerinden indirim. Okulları kapatıp başının dinç kalmasını isteyen Maarif Nazırından daha akıllı bu profesörler... Okullar gene okul... Üniversiteler gene üniversite... Kafacıklarının dinç kalması için ne yapmaları gerekir okul kapatmaktansa dersleri şimdilik yüzde elli indirmek, gelecek yıl yüzde yirmibeş. Bir yıl sonra bir yüzde yirmibeş daha... Sen sağ, ben selamet... Böylece üniversite sorunu da rasyonel olarak çözümlenmiş olur."

Hela aralığına son gelen küçük sınıflardan bir ufaklık:

"Bir ağabey girdi arka kapıdan!" dedi, Palamut Recep'e:

"Kim?"

"Sizin sınıftan biri!"

"Hababam Sınıfı'ndan mı?"

"Evet Ağabi!"

Sağına soluna bakınan palamut:

"Kim olabilir?.." der gibilerden düşünüyordu. Kalem Şakir hoş görmezdi bu tür gözden kaçırmaları.

Haberi veren birinci sınıftan Şefik'ti. Helaya girmişti. Çıkmasını bekliyorlardı. Çıkar çıkmaz dört yanını çevirdiler:

"Söyle!" dediler, "Palto mu, vardı üstünde, yoksa..."

"Hiçbir şey yoktu içeri girerken..."

Tam bu sırada sağ eliyle kucakladığı bir paltoyla içeri giren Yakup'u gördüler. Bu saatte ne işi vardı burada. Kaçan o muydu? Olmazdı az önce etütte içerdeydi, hep görmüşlerdi. En yakın arkadaşı kimdi Yakup'un? Adanalı Karahan değil miydi? Peki Karahan etütte var mıydı, yok muydu? Öğleden önce Vakvak Rıza derse kaldırmıştı. Ona İngiltere'yi sormuştu. Kulaklarının ağır işittiğini bildiği için, sesini yükseltmeden ağız kalabalığına getirmiş, Çukurova'yı anlatmıştı. Bir ara pamuk sözünü birkaç kere yinelediği için ağzını oynatmasından anlam çıkarmış, öfkeyle sormuştu:

"Ne pamuğu bu... İngiltere'de pamuk ne geziyor?" Hiç bozmamıştı Karahan:

"Pamuk ipliği diyorum Hoca'm!" demişti, "Tekstil sanayii için... Türkiye'den aldığı pamuktan söz ediyorum!"

"Türkiye'den pamuk alıyor, demek?.."

"Hem de yüz bin ton!"

"Aferin!" demişti Hoca, "Demek bir kitapta gördün öyle mi?"

"Ticaret Bakanlığının bültenlerinde gördüm Hocam!"

"Aferin!" demişti, "Otur!"

Yemek karışlıklığında kırmıştı Karahan. İçeri girerken de adamına paltosunu iple çektirmişti pencereden... Arka kapıdan da kollarını sallaya sallaya girmişti.

İster istemez sahip çıkılacaktı olaya. "Bak Yakup!" dedi, Palamut Recep, "İş anlaşıldı. Şu dipteki kör helaya as da paltoyu, gel öyle dikil aramızda. Sansar Behçet sigara içinler için gelirse kuşkulanır senden! Korkma kimse girmez o helaya, musluğu yok!" Bu işlerde oldukça usta olan Dingil Yakup:

"Acele işi çıktı Karahan'ın..." dedi, "Sana söyleyemedi, baktım ki hiç sızıltı çıkmadı, ben de dalgalandırmadım!"

"Şimdi ne oldu, bi işkillenen mi var?"

"Gececi Murat arka kapıdan girerken gördü diyorlar!"

"Söyle adamına gelsin buraya da, anlatsın olanı biteni bi şey düşünürüz. Gececiye kalırsa kolay. Daha yatakhane zili çalmadığına göre... Çağır gelsin hangi zuladaysa... Karışsın aramıza. Ben etütteydi derim!"

Rahatlamıştı Dingil Yakup, çok geçmeden de Karahan'la girdiler içeri.

"Biliyoruz!" dedi Palamut Recep, "Beyazıt'taki gövde gösterisindeymişsin!"

Şaşırıp kalmıştı Veli Karahan, ne evet, diyordu, ne hayır. Oysa Palamut Recep duyduğu kesik kesik haberlere dayanarak, boş atıp dolu tutmak istiyordu.

"Hadi hadi..." dedi, Refüze Ekrem, "Anlat da dinleyelim! Cuma namazı nasıl geçti."

Karahan'ın günün coşkusundan kurtulamadığı belliydi. Müdür'den değil de, daha çok sınıftaki bağışlamaz üç beş ilericinden korkuyordu. İşin şaşılacak yanı da olayı tümüyle öğrenmek isteyenler de onlardı. Açık vermeden anlatabilir miydi acaba:

"Amcamla buluşacaktım Marmara kahvesinde, param kalmamıştı hiç. Hem biraz para koparayım dedim, hem de uzun süredir mektup alamamıştım evden. İyi oldu amcamı gördüğüm!"

"Görebildin mi bari kalabalıkta?" dedi, Güdük Necmi, "Erbakan üçbin kişiyle gelmiş namaza..."

"Üç bin kişi haaa!" dedi Libero İsmet, "Bu kadar insan nerde abdest aldı bu kalabalıkta..."

"Sus!" dedi, "Herkesin inancına karışma. İster alır ister almaz!"

Sabahtan beri Erbakan'ın uçaktan inmesini bekliyorlarmış oralarda."

"Sağ yumruklarını kaldırıp üniversite kapısına doğru yürümüşler namazdan sonra! Doğru mu?" diye sordu Güdük Necmi?"

Kızmıştı Karahan:

"Biliyorsan sen anlat!" dedi, Veli Karahan, "Ben yumruk mumruk görmedim!"

"Ceplerine sokmuşlardır ellerini..."

"Mahmutpaşa'dan doğru Sirkeci'ye inmek istedi, kalabalık..." dedi, "Sirkeci'den de Vilayete doğru yürüdü. Çevik kuvvet yolunu kesti kalabalığın. Emniyet Müdürü, dağılın, dedi, Bu yaptığınız yürüyüş te, gösteri de yasal değildir. Dağılın artık! Polis ister istemez cop kullandı. Sonra iki İranlıyı alıp götürdüler."

"Nerden bilmişler onların İranlı olduklarını" dedi, Sektirmez.

"Sakallarının kınasından anlamışlardır!"

"Sonra, Karahan! Laf karıştırmayın da anlatsın!" dedi, Palamut Recep.

"Bu sırada Edebiyat Fakültesi birinci sınıftan olduğunu

açıklayan, türbanlı bir genç kız, 'Hükümet, hürriyetimizi yok sayıp çiğneyerek giyinişimizi kısıtlıyor. Bu madde, yani bizim özgürlüğümüzden söz eden madde, uygulanmıyorsa çıkarılsın yasadan' dedi. Sonra bu türbanlı genç kız, cebinden çıkardığı Anayasa kitaplarını parçaladı. İslam dininin özelliklerini anlatan sakallı, tesbihli kişiler vaazlarını sürdürdüler."

"Sonra paşa paşa dağıldı kalabalık, değil mi?" dedi Kalem Şakir. "Ne güzel! Demokrasi nedir, çok şükür öğrendik artık. Gösterilerin her çeşidini beceriyoruz... Güç gösterisi, gövde gösterisi... Uzun manto, uzun palto, cübbe, bere, başlık, Humeyni külahı... Arap kefiyesi, poşu... Başörtü, yemeni, çarşaf... Peçe, türban... Gösteri özgürlüğü olduktan tüm özgürlükler yürürlükte demektir."

Kalem Şakir:

"Arkadaşlar!" dedi, "Nerden ezberlemişsem ezberlemişim, belki de Anayasadan... Şöyle diyor: Anayasanın hiçbir hükmü, Anayasa'da yer alan hak ve hürriyetleri yok etmeye yönelik bir faaliyette bulunma hakkını verir şekilde yorumlanamaz."

Veli Karahan, kanlı pazarlar görmüş bir meydandan geriye dönük kansız bir cuma yaşamından izlenimler anlatmıştı arkadaşlarına. Hava kararmadan okuluna koştuğu için daha çoğunu da görmüş olamazdı olayların.

Tüm gördüklerini, başından tüm geçenleri anlatmış denebilir miydi? Karahan da kendi çapında bir siyaset adamıydı. Sözgelimi, eski selamet partisinin genel başkanı Necmettin Erbakan'ın arkasında abdestsiz namaz kılmış, bir biçimine getirip elini de öpmüştü. Bu izlenimini sarıp sarmalayıp arkadaşlarından gizlemeyi başarmıştı. Kimi başından geçenleri gizlerken de başından geçmeyen izlenimlerden söz etmeyi de gerekli bulmuştu nedense! Memleketten amcasının geldiğini onunla Beyazıt meydanında buluştuğunu uydurduğu gibi...

Üzerinde durulacak sorun bu da değildi. Veli Karahan okuldan kaçıyordu da koskoca Müdür Osman Topçuoğlu, nasıl oluyordu da bu cuma namazı kaçışını duymuyordu!

Kim bilir, o saatlerde uçakla Ankara'da bulunmak zorunda olduğundan duymamıştı. Evet, Topçuoğlu okulun geleceği açısından bir çok sorunların görüşülmesi için Ankara'ya çağrıldı, hem de uçakla. Bu gidiş geliş de duyulmazdı!

Tüm çözülen sorunlar, çözülünce sorun olmaktan çıkardı. Kimse durmazdı o zaman üzerinde. Koskoca okulun yıkılması gibi!

BEŞ YILDIZLI OTEL

Kelek Orhan'ın Japonya'dan bir mektup aldığı günün akşamında, okulun bahçe kapısında çok şık bir araba durdu. Bahçede oynayan öğrenciler koşarak parmaklığın önüne geldiler. Daha ileriye gidemezlerdi. Okulun sınırlarının, yıllar öncesi gelenekleşmiş yasalara göre buraya kadar olduğu saptanmıştı. Yasaktı sınırın aşılması.

Kelek Orhan, araba durur durmaz inenleri izliyordu parmaklığın arkasından. İkisi hemen hemen bir örnek pardösülüydü. Yüzleri de sanki yıllar boyu viski içmekten kızarmış gibiydi. Bir de Japon vardı aralarında, hiç su götürmeyen sıradan bir Japon işadamı... Şoförün yanında oturan kişi de olsa olsa bunların ortaklaşa konuştukları dili bilen bir yardımcı, belki düpedüz bir çevirmendi.

Kelek Orhan ancak bu şoförün yanında oturan ve araba durur durmaz da herkesten önce inen kişiyle anlaşabilirdi. Kendisi için geldiklerine hiç kuşkusu olmadığından seslendi:

"Amca! Sanıyorum beni arıyorsunuz... Ben Orhan Nalıncı... Şu Japonya'daki ödülü kazanan öğrenci..."

"Yaaa!... Duydum!" dedi, "Sen miydin o?.. Kutlarım seni!"

"Kartı daha yeni aldım... Önce başarımı gazetelerde okumuştum. Kart yeni geldi... Bugün!"

"Bu iş için gelmediğimize üzüldüm. Ayrıca tanıştığımıza da çok sevindim! Bahçeniz çok güzel... Hem de çok geniş!"

Bahçe kapısının önünde Veysel Efendi dikiliyordu. Arabadan indiklerini, bahçeye yöneldiklerini görünce, "İçeri girmek yasak!" diyemedi. Ağırbaşlı kişilerdi. Belki de Ankara'dan geliyorlardı. Böyle kendilerine güvenmeseler giremezlerdi içeri, ellerini, kollarını sallaya sallaya.

"Müdür Bey'i görmek istemez miydiniz önce?.." diyebildi, çekine çekine.

"İsteriz!" dedi, Türkçe bilen adam, "Sonra görürüz onu!"

At kestanelerinin altındaki sıraya oturdular; gri pardösülülerden biri çantasını açtı. İçinden aydınger kâğıdına çizilmiş bir plan çıkarıp önüne koydu. Okul, olduğu gibi arkalarında kalmıştı. Girdikleri bahçe kapısını değil de büyük kapıyı arıyorlardı çevrelerinde. Çözmüşlerdi kapıyı:

"Tam istediğimiz genişlikte!.. Buldozerler buradan girebilir!"

"Giremezse yıkarız!" dedi ikincisi.

"Bir baksak iyi olacak kapıya!"

Veysel Efendi, planı görünce kuşkulanmıştı:

"Sizi ben hemen Müdür Bey'e götürsem!.."

Bu konuşmadan yüreklenen çocuklar da başlarına toplanıyorlardı.

"Dağılın çocuklar!" diye sesini dikleştirdi Veysel Efendi, "Görüyorsunuz mühendis bu beyler işte. Müdür Bey havuz yaptıracaktı bahçeye!"

Bu söz güldürmüştü Türkçe bileni. Arkadaşı bu dilden anlasaydı katılırdı onun bu gülüşüne.

"Bak dostum, sen ne havuzundan konuşuyorsun! Herifler bu okulu yıkmaya gelmişler!"

"Kim oluyor ki bunlar... Şu kadar yılın okulunu nasıl yıkarlarmış!"

"Öğrenirsin sonra... Önce şu kapıyı da görelim. Dozerler girmezse nasıl girilir bir anlayalım!"

Veysel Efendi bu konuşmadan yeterince bir anlam çıkaramamıştı ama, yine de isteklerine boyun eğmekten başka çare olmadığını anlamıştı.

"Buyrun!" dedi, "Gidin görün!"

Kapı tam planda gösterilen genişlikteydi. Bal gibi girerdi bu kapıdan buldozerler. Girmezse dozerler içinde bir zorluk yoktu ya!

Veysel Efendi geçen gün Müdür'ün Ankara'ya gidişinin nedenlerini bulup çıkarır gibi olmuştu.

"Bu gâvurlar niye yıkıyorlar acaba okulu?" diye bir düşüncedir almıştı. Okul yıkılınca ne yapacak? Okul kapıcısı, okul yıkılınca da kapıcı olarak kalır mıydı? Nerdeydi bu bolluk. O zaman Müdür de müdürlükten para alırdı. Hepsi güzeldi de ne iş görecekti kapıcılıktan çıkarılırsa? Her kapıya bir kapıcı gerekmiş olsaydı, yalnız kendisi değil, kimse işsiz kalmazdı bu memlekette. Bir tasadır almıştı Veysel Efendi'yi. Bu adamlar daha da insan üstü güçte görünmeye başlamıştı. Güçlülere saygı her yerde geçerliliğini yitirmeyen bir kuraldı.

Müdüre arka kapıdan da çıkarabilirdi onları. Yürüdü onlardan yana. Türkçe bilene sordu:

"Müdür Bey de biliyor mu okulun yıkılacağını?" dedi.

"Bilmezse öğrenir! Haydi sen bizi götür Müdür'e artık!"

"Götüreyim! Arka kapıdan da çıkabiliriz odasına! Buyrun gidelim!"

Düşmüştü önlerine... Dönüp sormak yakışık almazdı. Niçin yıkarlarsa yıksınlar, okul gidecekti işte.

Topçuoğlu da Veysel Efendi'den farksızdı bu konuda, üç gün önce ne okulun yıkılacağını biliyordu, ne de Japon-Amerikan karışımı ünlü bir firmanın yıkılan okulun yerine beş yıldızlı bir otel yapacağını...

Ortaöğretim Müdürü bir odaya kapatmış bu acıklı haberi en umursamaz bir dille kısaca anlatıvermişti. Bu haberin sersemliği daha üzerinden gitmeden okulun yıkılmadan önce geçireceği aşamaları da aynı rahatlıkla açıklayıvermişti. Devlet güçlüydü, iktidardaki parti tam liberaldi. Olmazsa anasının ipliğini bile çakarırdı pazara.

Topçuoğlu bu arka odada Genel Müdür'den birbirine geçme türlü bilgiler edinmişti, yönetimini üzerine aldığı tarihi lisenin tarihi kaderi üzerinde... On iki derslik yeni yapılmış bir ortaokula pek yakında taşınması gerekiyordu lisenin. Yatılılar iki ayrı pansiyonda barındırılacaklardı. Paralı yatılılar isterlerse başka okullara geçebileceklerdi. Yeni ders yılı başında, şimdiden Çeliktepe'de temeli atılacak olan lisenin hızla yapımı bitirilecek, bu ünlü lise geçmişine yaraşır bir törenle öğretime açılacaktı.

Topçuoğlu'ya Ankara'da verilen bilgiler bu kadardı. Ne var ki Kültür ve Turizm Bakanlığı'ndan sızan beş yıldızlı otel haberleri, her gün bir gazetenin sayfalarını süslüyordu, yeni yeni resimlerle, gazetelerden biri orta sayfasında şöyle yazıyordu: "Türk turizmi yeni sezona bir benzeri Balkanlar'da görülmeyen beş yıldızlı bir otelle giriyor.."

Bu otel hangi oteldi? Henüz temeli bile atılmayan otel mi? Türk kültür, bilim ve sanat yaşamına yepyeni olanaklar kazandıran teknolojimize yüksek düzeyde bilginler veren, yeryüzüne ünlü elçiler gönderen, dünyaca tanınmış işadamları yetiştiren o ünlü, o tarihli lise henüz dozerlerle yıkılıp yerle bir edilmeden nasıl temelleri atılabilirdi bu beş yıldızlı otelin?

Lisenin yıkımıyla görevli olan araçlar, okula yakın bir garajda öğrencilerin okuldan ayrılma günlerini bekliyordu. Kültür Bakanlığı'nın en yetkili kişilerinden biri dozerlerin okul kapısına dayandığını görünce bir söylev denemesine geçmeyi düşünmüştü. Ne yazık bu mutlu günde çevresinde hiç kimseyi göremeyecekti. Ne vurdum duymaz bir halktı bu. Kültür Bakanlığı böyle bir otel için tarihi bir liseyi kurban ediyordu da, törene hiç kimse katılmıyordu. Üstelik bakanlık Türizm Bakanlığı olarak da Balkanlar çapında bir başarı elde edecek, görülmemiş turistik bir şaheser kazandıracaktı. Bu beş yıldızlı başarıyı anlatacak, dinletecek tek kişi yok muydu ortalıkta?

Dozerin doğrultusuna son kez bir göz atınca o tek mutlu dinleyeci adayını karşısında bulmuştu. Kapıcı kulübesi kaldırıldığı için kabak gibi ortada kalakalmış olan Veysel Efendi'den başkası değildi bu mutlu kişi... Gönül huzuru içinde söylevini verebilirdi. Kültür, daha çok Turizm Bakanlığı'nın yetkili ve sorumlu kişisi, biraz da Hababam Sınıfları'ndan yetişme olduğu için, şöyle başlamıştı konuşmasına:

"Ey mutlu dinleyici!" getirebilirdi gerisini: "Sen Kültür Bakanlığı'nın verdiği son kültür kurbanı olan tarihi lisenin, tarihi kapıcısı!.. Sen aynı zamanda Turizm Bakanlığı'nın büyük zaferi olan beş yıldızlı otelin ilk kahramanısın! Gel alnından öpeyim senin!"

Veysel Efendi, bütün bu parlak sözlerin kendisi için söylendiğini algılamakta gecikmemişti. Veysel Efendi de bütün kapıcılar gibi lep demeden leblebiyi anlaması gereken uyanık kapıcılardandı. Ayrıca da Kayseriliydi.

Veysel Efendi adına söylevi biz yanıtlayalım:

"Ey dozer canavarlarına sözünü geçirecek kadar yetkili yetenekli üstün kişi!.. Benim için böyle iri kıyım sözlere hiç gerek yok! Kültür Bakanlığı'nın son kurbanı, Turizm Bakanlığı'nın da senden öğrendiğime göre ilk kahramanı olarak istediğim bir altın madalya değil, asgari ücretten bir kapıcılık, o kadar!"

"Ey beş yıldızlı otelin yeni kapıcısı! Dileğin yerine getirilmiştir."

"Sağol büyük devrimci! Bu tarihi liseyi kültür adına devirip geçebilirsin! Elverir ki Türk turizmi beşer beşer yıldızlar saçarak sürekli patlamalar yapsın! Sürebilirsin dozerlerini okulumuzun üzerine!"

Haldır... Haldır... Haldır... Dozerler, dinozorlar gibi en tarihi bir liseyi dişleri arasında param parça edip Bakanlığın turizmini bir yana, kültürünü bir yana ayırırken bu piramidin en sivri yerinde oturan yetkili kişi, beş yıldızlı otel firmasının Japon'una, Amerikalasına şöyle bir söyleşiyle viski kadehini kaldırıyordu:

"Ey onur konuklarımız, uluslararası teknik, sermaye, iş temsilcileri, hoş geldiniz... Gözümüz sizlerde, getirdiğiniz getireceğiniz dövizlerde... Kulağımızsa turizmimizde yapacağınız patlamalarda. Köprücüler, otel yapımcıları, yatçılar, kampçılar, hâlâ patlamalarınızı duyamadık! Yoksa sakız patlatır, mısır patlatır gibi kıyıda köşede patlatıyorsunuz da biz mi duymuyoruz! Oysa sizlere çok güvenen particiler kulaklarının zarlarını güven altına almak için kulaklarına kaç yıldır pamuk tıkamaktadırlar. Kulaklarının içi Çukurova'ya döndü bu tıkadıkları pamuktan... Artık turizm patlangacınızı kulaklarının dibinde de patlatsanız faydasız! Hele vazgeçin bu çok patırtılı işlerden! Halkımız çok yorgun geçim zorluğundan, sıkıntı içinde!... Ayrıca dinç kalmasını istiyorsa başınız neden böyle uğraşırsınız bu halkın saçıyla başıyla! Sarıp sarmalayıp salıverirsiniz sokaklara... Hadi diyelim, sokaklarda dolaşsınlar... Kültür merkezlerinde ne işleri var bu başı bağlı, sıkma başların! Bu hanımcıkların anneleri böyle mi büyümüş? Onların da anneleri, nineleri?.. Hani bizler geleneklerimize çok bağlıydık... Anadolu liselerinden birinde sarıyazma günleri düzenleniyor ama, günlük kokmuyor toplantılarında... Bir arada gülüp eğleniyorlar. Biliyoruz, sonunda onları da rahat bırakmayacaklar. Genç kaymakamlar bulup gönderecekler. Genç lise müdürleri, genç memurlar, eğitimciler..."

Yedi yüz İmam Hatip lisesi şu kadar yıldır kırk bin köyün imamını yetiştiremedi mi hâlâ? Bekliyoruz, bu okullardan yetişenlerin, Anayasa ve Atatürk ilkeleri doğrultusunda köylerde, kentlerde beş vakit halkı uyarmalarını, ulusumuzu uygarlık düzeyine çıkarmalarını.

Bu okulları pıtrak gibi yurdun dört bir yanında açanların daha başka olabilir miydi, ileriye dönük düşündükleri?.. Nasıl olurdu? Halkın içinden yetişenler, kendilerini yetiştiren ortama nasıl ters düşebilirlerdi?

Bundan önceki Kültür ve Turizm Bakanı törenlerde, basın toplantılarında güzel güzel konuşmuş. Bakanlığını, yani Kültür ve Turizm Bakanlığını anlatmış. "Turizmi çok konuşulan Kültür'ünü çok az ifade eden bir Bakanlık" olduğunu belirtmiş.

Kimbilir, belki de bu yüzden kültür merkezlerimizi yıkıp ta yerine bir otel oturtmayı düşünebiliyor.

Kabataş Lisesi gider, yerine beş yıldızlı bir Kabataş Oteli, Haydarpaşa Lisesi gider yerine beş yıldızlı bir Haydarpaşa Oteli, Galatasaray, Taşkışla, Çamlıca, Kandilli, Pertevniyal Liseleri de gider... Yerlerine beş yıldızlı oteller... Sonra otellerin barlarında, restoranlarında, gece kulüplerinde şöyle parlak konuşmalar:

"Onurlu konuklar, dostlar, değerli partili arkadaşlar, sevgili gençler, akıllı, uslu çocuklar!.. Hepimiz biliriz ki turizm kuruluşları, bacasız fabrikalardır. Şu demektir ki, hiçbir yakıt masrafı yok... Ayrıca da dumanı ortalığı kirletmez... Turist senin dağına, tepene, denizine, kumsalına bakacak. Verecek parayı... Eline self servis tepsisini de tutuşturdun mu rahat! İhap Hulusi'nin afişindeki yan yatmış köylüsü gibi, yan yatar çubuğunu tüttürürsün. Gelsin turistten paracıklar. Bi zahmet istif edip tomar tomar bankaya vereceksin, sen de!"

Mühendislerin plan gereği bahçe kapısından girebileceklerini düşündükleri dozerler, yapıları gereği kapıdan geçememişlerdi. Kapıyla birlikte kapının da bağlı bulunduğu duvarın da indirilmesi gerekiyordu. Dozer, bir kez gitmiş, olmamış; ikinci kez de gidip gelmiş, olmamıştı. Açılıp açılıp tam gaz bir kez daha çullanınca kapı olduğu gibi yerle bir oluvermişti.

Sıra yatakhanelerin boşaltılmasındaydı. Pılısını pırtısını okul dışında bir eve, bir otele yerleştiren yatılı, kendini okulun çevresine atıyordu.

Hababam Sınıfı için bir sözleşme olmadığı halde, tüm çocuklar Hacıbaba'nın dükkânına birikmişlerdi birer, ikişer. Sınıfın eski parasız yatılıları erkenden gelmişlerdi.

Şaşılacak şeydi, eski öğretmenlerden birinin dediği gibi, "Bilâ tefrik-i cins ü mezhep" hemen hemen bütün sınıf tamamdı. Sınıf Başkanı Palamut Recep, sınıfta yoklamalardan önce kimler var, kimler yok gibilerden oturanları bir gözden geçirdikten sonra:

"Çok sevgili arkadaşlarım!" dedi, "Ne sert yöneticiler, ne kötü niyetli gruplar, bizi, biz Hababam Sınıfı'nı birbirimizden ayıramadı. Ne düşünürsek düşünelim... Hangi görüşte olursak olalım. Biz okul arkadaşı, sınıf arkadaşıyız! Söyle Güdük Necmi, işte bir araya geldik, ne yapalım!"

"Ne mi yapalım..." dedi, Güdük Necmi, "Bizim bir marşımız vardı, nedense bugünlerde bir araya gelip söylemedik. Hep biliriz, değil mi arkadaşlar?"

"Biliriz!.."

"Haydi hep birlikte! Entike... Kuuuşeruule. Haydi hooppa muşule!.. Ave lupe luupe. Ave luupe Kaaaro! Haaaydi Haykanoş! Enti Kalamoş!"

RIFAT ILGAZ

ŞİİR

Yarenlik
Sınıf
Yaşadıkça
Devam
Üsküdar'da Sabah Oldu
Soluk Soluğa / Karakılçık / Uzak Değil
Güvercinim Uyur mu?
Kulağımız Kirişte
Ocak Katırı Alagöz
Bütün Şiirleri

ROMAN

Sarı Yazma
Karartma Geceleri
Karadeniz'in Kıyıcığında
Yıldız Karayel
Halime Kaptan
Hababam Sınıfı
Hababam Sınıfı İcraatın İçinde
Apartıman Çocukları
Pijamalılar (Bizim Koğuş)
Geçmişe Mazi (Meşrutiyet Kıraathanesi)
Hoca Nasrettin ve Çömezleri

ANI

Yokuş Yukarı
Kırk Yıl Önce Kırk Yıl Sonra

GÜNCEL
Cart Curt
Nerde Kalmıştık

ÖYKÜ
Rüşvetin Alamancası
Nerde O Eski Usturalar
Çalış Osman Çiftlik Senin
Sosyal Kadınlar Partisi
Don Kişot İstanbul'da
Şeker Kutusu
Garibin Horozu
Radarın Anahtarı
Dördüncü Bölük

OYUN
Hababam Sınıfı Uyanıyor
Hababam Sınıfı Baskında
Hababam Sınıfı Sınıfta Kaldı

ÇOCUK KİTAPLARI
Öksüz Civciv
Küçükçekmece Okyanusu
Cankurtaran Yılmaz
Kumdan Betona
Bacaksız Kamyon Sürücüsü
Bacaksız Sigara Kaçakçısı
Bacaksız Paralı Atlet
Bacaksız Okulda
Bacaksız Tatil Köyünde

Sarı Yazma

Rıfat Ilgaz

Sarı Yazma, 1940 Kuşağı şiirimizin en büyük ustalarından Rıfat Ilgaz'ın kendi yaşam öyküsünü anlattığı romandır. Roman, Cide'de doğup yaşamının ilk on iki yılını orada geçiren şairin, yıllar sonra o şirin kıyı kentine dönüşü ile başlar. Bu bir korku, yılgınlık, tükenme ya da kaçış değildir... Bu, şairin yaşadıklarına yeniden başlamak; o topraklarda yeniden doğup, büyümek ve yaşlanmak isteğidir. Aynı zamanda, amacı, geçmişine şimdiki gözleriyle bir kez daha bakmaktır. İşte, Sarı Yazma, Ilgaz'ın sanatının zirvesindeyken geriye bakıp gördüklerinden oluşan bir romandır. Toplumcu bir yazın ustasının, kendi kuşağının renkleriyle boyadığı Türkiye resimlerinden oluşan bir belgesel de diyebiliriz. Ki bu öykü, keskin toplumsal çelişkilerden kaynaklanan hoyrat bir iklimin yıprattığı kırıp döktüğü bir kuşağın öyküsüdür...
Bir şairin, geçmişiyle açık ve içten bir hesaplaşma ve bu sırada ortaya çıkan, serüven dolu, uzun bir yaşamdan kesitler... Abartmayan, doğal ve duru bir anlatım içinde, inanılmaz dirençli bir mücadele ve mutlu, umutlu bir son... Romanın adı olan Sarı Yazma, Karadeniz'in çalışkan kadınları için, yazarın bir saygı duruşu...

çınar®

Karartma Geceleri

Rıfat Ilgaz

İkinci Dünya Savaşı'nın sınırlarımıza dayandığı 1944'de baskın tehlikesine karşı geceler karartılmaktadır. Karartma Geceleri, Mustafa Ural adlı öğretmenin, ikinci şiir kitabı 'Sınıf'tan dolayı hakkında çıkartılan tutuklama kararı sonrasındaki kaçış serüveninin öyküsüdür. Attilâ İlhan'ın "Fedailer Mangası'nın demirbaşı" olarak adlandırdığı 1940 Kuşağı'nın toplumcu-gerçekçi şairlerinden Rıfat Ilgaz'ın kendi yaşadıklarından yola çıkarak yazdığı Karartma Geceleri, bir anı-roman değildir; yazarın, anılarını yeniden bir zaman kurgusuna yerleştirmesiyle ortaya çıkmıştır. Romandan uyarlanan, yönetmenliğini Yusuf Kurçenli'nin yaptığı ve Tarık Akan'ın başrolünü oynadığı Karartma Geceleri filmi de, ülkemizde ve uluslararası yarışmalarda birçok birincilik ödülü alarak büyük bir ilgi görmüştür. Karartma Geceleri, Türkiye'nin aydınlığı arama çabasına yol gösteren önemli bir başyapıttır.

"Rıfat Ilgaz, tepeden tırnağa aydın sorumluluğu taşıyan bir güzel adamdı… Şairdi… Öğretmendi… Yazardı…
Bugün birisi kalkıp da bana 'Rıfat Ilgaz gibi bir adam göster' dese gösteremem.
Para pul, gösteriş, görgüsüzlük, hırs, üçkâğıt medya dünyasında öylesine ağır bastı ki, insan bozuldu.
Rıfat, bugünden düne bakınca, eski zaman senyörleri gibi kalıyor."

İlhan Selçuk

çınar